Fin de saison au Palazzo Pedrotti

Ouvrages de Frédéric Vitoux

ROMANS

Cartes postales
Gallimard

Les cercles de l'orage
Grasset

Yedda jusqu'à la fin
Grasset

Un amour de chat
Balland, coll. « L'instant romanesque »

ESSAIS

Louis-Ferdinand Céline, misère et parole
Gallimard

Bébert, le chat de Louis-Ferdinand Céline
Grasset

Céline
Belfond

Mes îles Saint-Louis
Le chêne

Rossini
Mazarine

Fiction & Cie

Frédéric Vitoux
Fin de saison au Palazzo Pedrotti

roman / seuil

Seuil, 27, rue Jacob, Paris 6e

CE LIVRE EST LE CINQUANTE-TROISIÈME TITRE
DE LA COLLECTION « FICTION & CIE »
DIRIGÉE PAR DENIS ROCHE

ISBN 2-02-006361-1.

à N.C.

Di tanti palpiti, di tante pene,
Da te mio bene, spero merce,
Mi rivedrai... Ti rivedrò...
Ne'tuoi bei rai mi pascerò.
Deliri, sospiri... accenti, contenti !...
Sarà felice, il cor mel dice,
Il mio destino vicino a te.

De tant d'émois, de tant de douleurs,
De toi mon amour j'espère récompense,
Tu me reverras... Je te reverrai...
De tes beaux yeux je me délecterai.
O délires, ô soupirs... Doux accents, ô joies !...
Mon cœur me dit que mon destin
Près de toi sera heureux.

Gaetano Rossi
(livret de *Tancredi* de Rossini).

1. Il y a longtemps que je vous attendais

Les souvenirs, on les aperçoit au bout de ces routes d'été qui filent droites comme dans les rêves. Ils tremblent à l'horizon, ils ondulent sous la chaleur, leurs contours deviennent vaporeux, ils prennent des teintes pastel, ils engourdissent, ils hypnotisent même parfois. On sait que l'on n'aura jamais la force d'aller à leur rencontre et de dissiper les mirages... Et à quoi bon ? Cette indécision qu'ils ménagent est parfois délicieuse. Les souvenirs se rapprochent d'eux-mêmes ou ils s'éloignent. Ils se moquent des échelles, ils multiplient les caprices. Et décidément la canicule est trop intense, et il serait vain de les saisir, d'en faire le tour. Les souvenirs sont des maîtres infiniment distants. Ils se tiennent là, en cet été 1976, au bout de la plaine de Lombardie, au sud-est de la grosse ville industrielle de Brescia. Il y a des lignes de peupliers, des champs de maïs, des hangars, des chemins bordés de canaux d'irrigation, mais cela ne compte pas, cela disparaît dans une brume de chaleur. Ce paysage est blanc comme le ciel, il ne se fixe pas, il ne décolore pas la mémoire... Non, tout au bout de la route, on devine d'abord, en lisière d'un village (mais le village n'apparaît pas tout de suite), une demeure patricienne, un palais du XVIIIe siècle dont on ne sait pas s'il est à l'abandon ou encore habité. Ses volets sont clos, ils s'écaillent. Et quelques minutes plus tard, on entend de la musique qui s'échappe d'un salon, l'ouverture du *Tancrède* de Rossini, et puis les volets s'ouvrent. Des silhouettes se détachent derrière l'ocre des fenêtres. On devine des stucs et des plafonds rococo. Et de nouveau tout se brouille. Se détache seule, maintenant, l'image d'un médaillon. C'est lui, ce médaillon, qui occupe l'horizon : une miniature dans un cadre ovale en acajou, une jeune femme d'un autre siècle qui se retourne, qui est surprise par le peintre et lui sourit pour l'éternité, avec une malice et une langueur qui me bouleversent.

L'été 1976 en Lombardie, c'est d'abord cela, tout au bout de la mémoire : une demeure patricienne, le portrait ovale d'une jeune femme, la musique du *Tancrède* de Rossini et puis aussi une phrase bizarre, prosaïque, prononcée par le comte Giuseppe Pedrotti, hors de situation : « Il y a longtemps que je vous attendais... »

C'était le premier soir. Avec la tiédeur revenue, les contours avaient repris de leur netteté. Derrière les hautes fenêtres grillagées de la bibliothèque, les platanes se détachaient comme des ombres chinoises. On n'avait pas vu le soleil de la journée, mais les étoiles clignotaient maintenant dans le ciel, les grillons stridulaient et parfois on ne les entendait pas et parfois ils vous tapaient sur les nerfs. Henriette et moi, nous tombions surtout de sommeil. Parfois, nous faisions l'effort de soutenir une conversation avec l'un des invités de Giuseppe — mais comment échanger des lieux communs quand on n'a pas de langue commune ? Puisque nous parlions mal l'italien et qu'ils parlaient mal le français, ils en étaient réduits à faire de grands gestes et nous à répondre par de grands silences. Au bout de quelques minutes, ils se lassaient, nous les laissions, ils s'éloignaient, nous nous enlaçions, Henriette et moi, au fond du canapé de cuir. Nous devions ressembler à des naufragés blottis l'un contre l'autre. Je fermais les yeux. J'avais l'impression d'être encore en voiture, secoué et étourdi par le trop long voyage de la journée. Henriette me murmurait des petits mots à l'oreille. Je rouvrais les yeux. Qu'est-ce que je faisais là ? La grande bibliothèque du palazzo Pedrotti était plongée dans la pénombre. Quelle pièce du palazzo pouvait du reste s'accommoder de la pleine lumière ? Le plafond peint laissait deviner un amour joufflu vautré sur le sein d'une muse elle-même alanguie contre un nuage. Je bâillais. Je me sentais devenir à mon tour amour, muse ou nuage — cotonneux en un mot.

Il manquait un invité et je ne le savais pas. Il s'appelait Augusto Allegri et il arriva vers onze heures. Il engagea sa voiture sous la voûte et se gara sous le portique, juste en face de la bibliothèque. Un intime de Giuseppe pour oser pénétrer avec tant d'assurance dans la cour. Les autres invités, eux, avaient laissé leurs voitures le long de l'allée qui menait de la grande rue de Paderna au palazzo. On ne les avait pas entendus arriver. Ils s'étaient glissés dans la bibliothèque, examinés d'abord par la gardienne en noir qui veillait à l'entrée du porche... A peine Augusto Allegri se présenta-t-il sur le seuil de la bibliothèque — les regards braqués sur lui — qu'il s'effaça pour laisser entrer l'amie qui l'accompagnait et que nul n'attendait. Et il ne se contenta pas de la laisser entrer simplement. Augusto fit le clown. Une habitude. Il croyait ainsi dissiper les mirages du palazzo, échapper à l'engourdissement qui devait menacer à ses yeux ses moindres occupants, redonner un peu de lumière à cette bibliothèque trop vaste aux murs lambrissés de livres et au centre de laquelle trônait un cheval de bois à bascule, harnaché de cuir, avec des étriers de bronze, un cheval trop grand en apparence pour un enfant, inutile pour un adulte, un jouet inquiétant et comme réservé aux ombres des générations passées. Augusto Allegri fit semblant de déchiffrer une carte de visite puis, à la façon d'un huissier, s'écria :

— La signorina Lisa...

Il reprit la carte de visite imaginaire, la retourna, haussa les épaules et poursuivit :

— La signorina Lisa Belgioso !

Alors, il s'effaça pour laisser entrer son amie morte de peur, et il éclata de rire.

On ne devait pas rire souvent sous les plafonds peints du palazzo Pedrotti, le cheval resta de bois, Giuseppe et ses amis aussi.

La jeune femme avança de quelques pas. Impossible pour elle de s'enfuir, Augusto Allegri bloquait la porte d'entrée, les deux hautes fenêtres qui lui faisaient face étaient grillagées comme toutes les fenêtres du rez-de-chaussée. Elle avança donc de quelques pas mais elle s'arrêta dès que Giuseppe vint à sa rencontre. D'où nous étions, du coin de la pièce où s'appuyait le canapé, ce ballet à contretemps prenait des allures de pantomime. Les autres invités retenaient leur souffle, dévisageaient l'intruse. Ah ! cette curiosité maladive de la province ! Des figurants, des mannequins tout au plus, ces amis de Giuseppe ! La scène se déroulait par à-coups, comme un vieux film du muet qui se grippe, qui se bloque de temps à autre sur l'image. Giuseppe Pedrotti prit la main de la jeune femme, s'inclina avec une brusquerie toute mécanique et, au moment de se redresser, murmura donc :

— Lisa Belgioso, n'est-ce pas ? Il y a longtemps que je vous attendais.

Personne ne comprit ce qui se passait, mais cette incompréhension se mua chez la jeune femme en panique. Que lui voulait-on ? Que devait-elle répondre ? Elle se tourna vers Augusto Allegri, le seul à ne se rendre compte de rien, trop occupé à remettre en poche sa carte de visite imaginaire. Et pendant ce temps-là, Giuseppe répéta :

— Il y a longtemps que je vous attendais ; comme s'il espérait de Lisa l'aveu d'une complicité, mais laquelle ?

La jeune femme retira sa main, chercha à droite et à gauche un soutien, n'importe quel prétexte pour parler d'autre chose, échapper à Giuseppe, s'assurer d'un point d'appui. Alors, d'un brusque mouvement de tête, elle ramena ses longs cheveux châtains en arrière, et son geste à peine conscient se trouva chargé d'une sensualité si profonde, si tangible, qu'il contribua pour une part à dissiper le malaise — ce sentiment d'abstraction qui régnait. Le temps cessa de bégayer, les conversations reprirent, le film put se dérouler à vitesse normale, on oublia l'incident. Giuseppe fit demi-tour et partit s'appuyer contre le cheval à bascule, il demeura seul, pensif, articulant dans le vide des mots incompréhensibles. Répétait-il « Belgioso » ? C'est possible.

Sur une commode s'empoussiéraient un vieux phono à manivelle et une pile de 78 tours. L'un des invités mit un disque, du Rossini sans doute, mais les grésillements et les craquements recouvraient toute musique. Personne n'en sembla affecté. Et la pièce entière craquait du reste, le palazzo craquait, le parquet grinçait à chaque pas, des lézardes noires zébraient le plafond baroque. Les stucs, les pâtisseries rose bonbon, bleu clair, vert amande menaçaient de se détacher. On vivait sous la menace d'une avalanche. Le passé risquait de nous tomber dessus... Ce décor suggérait une couche de fard sur un visage de vieille coquette. Dehors, par les fenêtres grillagées, on surprenait parfois des éclats de phares ou des éclats de rires : des éclats de vie en somme, la vie habituelle d'un village avec son café, son restaurant, sa promenade poudreuse sous les platanes, le long du canal. Mais cette vie-là ne pouvait atteindre le palazzo Pedrotti. Celui-ci se dressait bien trop à l'écart, bien trop à sa place, bien trop comme il faut. Les vieux ne frayent pas avec les jeunes.

Au cours de la soirée, j'observais Lisa Belgioso. D'évidence elle était aussi absente et vulnérable que nous. Elle ne lâchait plus Augusto Allegri, on ne lâche pas une bouée. Parfois elle jetait autour d'elle un regard anxieux. Le cheval de bois, les livres (non pas des éditions de luxe mais une série de romans brochés du début du siècle, en français, en anglais, en italien : D'Annunzio, Paul Bourget, H.G. Wells, Galsworthy, Henry James, la comtesse de Ségur ; les lectures des parents et grands-parents de Giuseppe, sûrement), les fenêtres grillagées, le plafond peint et le lustre-lanterne — rien ne l'inquiétait particulièrement. Mais ce qu'elle devait éprouver — ce que nous éprouvions aussi — c'était le poids du palazzo tout autour, la suggestion de ces zones d'ombre, de ces zones de silence, de ces zones inconnues. Au-delà de la bibliothèque se devinait une enfilade de salles vides, des plafonds peints, des nuages dorés, des chars du soleil, des allégories guerrières saluant des déesses de la terre ployant sous des gerbes de blé, des coquillages de stucs et des peintures en trompe-l'œil qui n'avaient plus personne à tromper. Hélas ! les rideaux et la poussière étaient retombés sur un tel spectacle, noir complet. Dans la bibliothèque nous faisions figure de survivants, d'acteurs manifestement déplacés. Quels rôles aurions-nous dû jouer et avec quels costumes ? Or Lisa était une jeune femme qui d'évidence avait besoin d'un costume et d'un rôle, mais pour une fois, elle s'était trompée de théâtre et de salle de répétitions. Ses bracelets d'or qui cliquetaient autour de ses gestes ne lui servaient à rien, son beau visage sensuel, un peu lourd peut-être, un peu vulgaire, avec ses lèvres épaisses et ses paupières alourdies sous le fard, avait besoin d'accrocher la lumière. Comment aurait-il pu briller et séduire dans ce palais de la nuit ?

Peu après minuit, Giuseppe Pedrotti échappa à son état cataleptique, il nous conduisit à l'ancienne salle de chasse qui, comme la bibliothèque, ouvrait sur le portique, mais de l'autre côté de la voûte d'entrée. Nous le suivîmes en silence, presque à la file indienne. Lisa Belgioso et Augusto Allegri fermaient la marche. Une immense table à gibier, recouverte d'un feutre vert, se trouvait disposée au centre de la pièce, sous une lanterne. Nous nous disposâmes autour de la table, dans l'attente d'on ne sait quelle cérémonie. Nos visages prirent des reflets verdâtres. Lisa saisit la main d'Augusto, Giuseppe aperçut ce geste. Manifesta-t-il du courroux ? Intimidée, Lisa lâcha la main de son ami. Personne ne dit plus rien. Alors Giuseppe sortit du tiroir de la table à gibier un album relié en maroquin vert frappé aux armes des comtes Pedrotti et l'ouvrit avec lenteur. Le livre d'or ! Il tendit son stylo à Lisa et lui demanda de le parapher. Pauvre Lisa ! Elle prit le stylo, regarda les invités disposés autour de la table et qui attendaient, rit d'un bref rire de gorge, fit tinter ses bracelets, examina la plume du stylo, n'y trouva rien à redire et dut se pencher vers la page blanche... Elle réfléchit quelques instants, elle écrivit ensuite, en grosses lettres rondes et un peu affectées : *Lisa Belgioso, 2 VIII 1976.*

Giuseppe avait suivi la cérémonie derrière l'épaule de Lisa, en retenant son souffle, en surveillant le tracé des lettres. Quand Lisa lui rendit son stylo, il soupira, la remercia avec une chaleur excessive. Elle se sentit libérée de son côté, comme après une levée d'écrou, et ce fut le signal de la débandade. Elle, Augusto, les autres amis prirent congé de Giuseppe, des ombres, du cheval de bois, des amours joufflus et des déesses indolentes du palazzo Pedrotti. Nous restâmes seuls auprès de Giuseppe qui s'offrit à nous raccompagner jusqu'à notre chambre.

Du palazzo, seule l'aile gauche était habitée. Le bâtiment central avec ses appartements d'apparat ne s'ouvrait que pour de rares visites de quelques heures, tandis que l'aile droite, oubliée, ne servait à rien et pourrissait doucement. Giuseppe, Henriette et moi entreprîmes de couper par la cour plutôt que d'emprunter l'enfilade des salons de l'aile habitée. Une fenêtre était restée allumée au premier.

— Ma tante dort si peu, dit Giuseppe, elle passe une partie de ses nuits à broder et à lire, elle aime les romans français d'aventure, les duels, les chevauchées, *le Bossu, le*

Capitaine Fracasse, elle aime aussi relire, *le Vicomte de Bragelonne* surtout. Pour elle, *le Vicomte de Bragelonne* est aussi beau que *A la recherche du temps perdu.* Elle est à l'âge où l'on relit (il soupira comme s'il l'enviait d'une telle sagesse), ma tante est une femme très patiente...

Le palazzo Pedrotti ne pouvait pas ne pas enseigner la patience à ses occupants. Ses vieilles horloges étaient arrêtées depuis longtemps, et l'on ne trouvait plus d'artisans pour les réparer. Giuseppe flottait hors de toute actualité. Devant nous, la cour intérieure se fermait, entre les deux ailes, par une grille baroque de fer forgé. Deux statues mythologiques encadraient le portail. La lumière qui filtrait de la chambre du premier semblait les effleurer. Ces deux statues représentaient Diane et Endymion, et elles aussi étaient dotées d'une infinie patience.

Une chouette hulula à deux reprises, très près de nous, perchée sans doute dans le petit bois en bordure du parc.

— Demain, je vous la montrerai, dit encore Giuseppe comme s'il était maître de la nuit, des chouettes et de leurs apparitions.

Puis finalement il nous quitta au pied de l'escalier, il avait oublié de délivrer Metastasio, le doberman attaché par une longue laisse en lisière du parc et à qui, la nuit, il rendait sa liberté dans la cour.

2. *Le chat de plomb*

L'été 1976 fut en Lombardie un été immobile, empesé d'une chaleur tropicale qui décourageait la moindre initiative. Les lignes de peupliers barraient l'horizon d'un trait gris à peine plus prononcé contre le blanc du ciel. Paderna, gros bourg agricole de moins de mille habitants, n'en finissait pas de somnoler. Parfois, on surprenait le bruit incongru d'un tracteur, quelque part dans la plaine. De rares silhouettes traversaient lentement la place de l'église et s'attardaient devant le café. Le bâtiment des carabinieri restait clos derrière ses volets de bois... Et non loin de là, le palazzo Pedrotti — dont la façade sur rue affichait une austérité grandiloquente avec ses rangées de hautes fenêtres ourlées d'ostensibles reliefs de pierre, son mur décrépi et son grand porche surmonté d'un balcon depuis longtemps inutile — donnait le sentiment d'avoir été abandonné de tous ses occupants. Vu du village, il appartenait un peu au Moyen Age. Côté jardin, en revanche, il déployait ses charmes rococo. Ses corniches s'ornaient de mascarons. Sous le portique pendaient des lanternes vénitiennes. Des pilastres corinthiens rythmaient le développement de sa façade. Et cette gaieté n'avait rien de vulgaire ni d'excessif. Un reste d'équilibre palladien, cet accord secret entre une majesté à l'antique et une douceur de vivre quasi intimiste, avait touché de sa grâce, à plus d'un siècle de distance, la demeure d'été des comtes Pedrotti.

Côté jardin donc, le palazzo Pedrotti rêvait aux heures douceureuses de son passé et nous restions à rêver à l'ombre du palazzo Pedrotti : ce passé nous submergeait. Giuseppe ne tutoyait guère que ses ancêtres et nous avions l'habitude de tutoyer Giuseppe : ses ancêtres devenaient donc aussi nos intimes. Comment résister à de tels syllogismes ? L'actualité avait cessé de nous parvenir, de nous irriguer, de nous irriter. Désormais, nous vivions comme en retrait du village, de l'Italie, de nos vacances, de tout. Même Signor Bruschino, notre chat, avait pris la mesure du palazzo et de notre grande chambre du premier étage meublée en style Empire-retour d'Égypte. Lui, le chat de gouttière tigré avait longuement reniflé les pharaons sculptés sur les accoudoirs des fauteuils, il sinuait entre les obélisques d'onyx sur les commodes, il ne se laissait plus intimider par les deux sphinx de bronze qui soutenaient une pendulette massive, sur la cheminée, il somnolait au pied du lit, sans s'étonner du lustre de cristal qui tombait d'un soleil dessiné au centre du plafond et autour duquel s'irradiaient des motifs géométriques peints en des couleurs pastel d'une douceur qui invitait à la somnolence : vieux rose, beige, gris et bleu-vert...

Vers la fin de la matinée, nous avions fait quelques pas, Henriette et moi, dans le jardin. Tournant le dos au palazzo dont la belle façade en crépi blanc réverbérait si intensément le soleil qu'elle nous aveuglait (impossible de distinguer la moindre colonnade ; le balcon de fer forgé flambait au-dessus du portique, et les volets de bois, seules taches sombres à flotter sur les murs, barricadaient chaque pièce ; la villa s'embrasait mais tenait encore bon ; l'été, elle vivait en état de siège comme l'hiver en état d'abandon), nous nous étions enfoncés dans le jardin potager et le verger, à la recherche illusoire d'un peu de fraîcheur sous l'ombre des orangers et des citronniers. J'apercevais des bulbes rouges, des filaments verts, des hautes tiges blanchâtres, des mappemondes jaune orangé noyées sous des feuilles larges comme des nénuphars. Henriette me disait : des tomates, des haricots verts, de l'ail, des potirons. Je l'approuvais, pour les potirons surtout. Il allait être midi, le gravier brûlait, l'ombre se recroquevillait sous les arbres. Derrière nous, les statues de Diane et d'Endymion semblaient chauffées à blanc. Endymion levait pourtant sa main à hauteur de la bouche, comme pour en faire un porte-voix, Diane se tournait vers lui dans la même attitude de surprise délicieuse, ils ne bougeaient pas, à peine palpitaient-ils d'une émotion fragile, avec la réverbération de la chaleur. Ils demeuraient là tous les deux, « in dolce conversare »... Nous, nous ne pouvions plus résister, il fallait battre en retraite, retrouver l'ombre du palazzo.

Giuseppe nous attendait au grand salon, il venait de se lever, son visage était encore marbré de plaques rouges. Ses cheveux bruns ramenés comme un casque sur le devant du crâne pour masquer une calvitie précoce (pas si précoce à vrai dire, Giuseppe avait déjà quarante ans) luisaient de gomina. Il avait la brusquerie des personnes mal réveillées, à peine sorties comme des automates de leurs cabinets de toilette, mais c'était tout au long du jour que Giuseppe se déplaçait comme un automate, réagissait par à-coups, brèves impulsions mécaniques que lui dictaient aussi bien sa distraction, sa peur ou sa timidité... Il nous prit chacun par un bras et nous entraîna donc vers le mur du fond, ce matin-là, le premier matin de notre séjour, à droite de la cheminée. Là, sur un présentoir de velours encadré d'une baguette d'acajou, étaient suspendus une demi-douzaine de médaillons. Il en décrocha un et le tendit à Henriette.

C'était le médaillon de la jeune fille ironique et souriante, et Giuseppe nous apprit qu'elle s'appelait Adélaïde Belgioso et qu'elle avait été la maîtresse de son arrière-arrière-arrière-grand-oncle... Oui, Belgioso, comme l'amie d'Augusto Allegri — et du coup le comportement de Giuseppe, la veille au soir se révéla plus compréhensible...

Voilà, tout était ainsi mis en place à l'horizon de cet été 1976, ces premiers souvenirs du bout de la route : la phrase de Giuseppe, « il y a longtemps que je vous attendais », le palazzo Pedrotti dans la plaine lombarde noyée sous la chaleur, et maintenant ce portrait ovale que Giuseppe contemplait avec amour... et je ne savais pas que cet amour me fascinerait, que cet amour, ce serait aussi le mien, un amour vague, inavoué, indécis, une ombre. Henriette non plus ne pouvait rien savoir, et l'aurait-elle su, que faire ? Comment lutter contre une ombre ? Elle prit le médaillon, et je l'examinai avec elle. Une jeune femme, vue de trois quarts dos, se penchait vers le peintre. Elle avait incliné sa tête pour le regarder par-dessus son épaule. Elle portait un adorable bonnet de dentelle noué sous le menton. Surtout, elle avait de grands yeux très noirs en amande et des cheveux noirs aussi, d'un noir bleuté, séparés par une raie au milieu, et qui encadraient de deux bandeaux son joli front légèrement bombé. Elle exprimait une grande douceur ironique, cette jeune femme du médaillon, une sensualité tempérée par la bonne humeur, une tendresse qui frôlait l'impertinence... Adélaïde...

A ce moment-là, la tante de Giuseppe, la comtesse Carlotta Amalfieri, se faufila dans le salon. Nous la saluâmes mais elle mit un doigt devant ses lèvres. Giuseppe inclina la tête, il ne voulait pas se laisser distraire. Sa tante n'existait pas, elle ne voulait pas exister, elle maintint son doigt sur ses lèvres.

— Belgioso n'est pas un nom très répandu, dit Giuseppe, il existe un lien de parenté entre les deux femmes, il doit exister un lien...

La tante Carlotta se glissa dans son fauteuil et prit un ouvrage de broderie. Elle brodait en silence. Je surpris un peu plus tard un regard complice entre elle et Henriette.

On ne dérange pas Giuseppe quand il rêve, il est dangereux de réveiller les somnambules, semblait dire la tante. Elle sourit d'un air très résigné, et ce sourire signifiait son peu d'espoir de voir Giuseppe échapper un jour à son somnambulisme...

Adélaïde avait une voix de contralto et Luigi Pedrotti, son amant, était médecin, nous expliqua encore Giuseppe. Mais Luigi ne pratiquait pas la médecine, non ! Il conspirait contre l'Autriche. Il avait été trop jeune, et trop peu militaire dans l'âme aussi, pour combattre quelques années plus tôt dans les armées napoléoniennes. C'était un conspirateur, pas un soldat, et un conspirateur qui aimait d'amour fou Adélaïde la cantatrice...

Giuseppe s'essoufflait en parlant, il s'essoufflait très vite, il cherchait ses mots, il ménageait de longs silences, comme s'il écartait des voiles, tirait des rideaux, attendait de voir surgir auprès de nous les personnes qu'il évoquait, qu'il invoquait avec tant de douloureuse conviction. Il lui suffisait de prononcer ce nom : Adélaïde Belgioso... et puis motus, il nous regardait avec attention, il ébauchait un vague sourire, un sourire qu'il s'adressait ensuite à lui-même, et l'expression de son visage se retournait comme un gant ; désormais nous n'étions plus là, il nous avait plantés dans le salon, il avait pris la clé des champs, la clé des songes, il se ménageait une brève incartade avec une cantatrice rossinienne qui avait des yeux immenses, un ravissant bonnet de dentelle, une expression mutine et un front bombé... Quelques secondes plus tard, il cessait de sourire, il semblait tout étonné de nous trouver encore là, à ses côtés, et il reprenait le fil de sa pensée — un fil mince et long, qui courait sûrement d'une pièce à l'autre du palazzo, qui s'enroulait autour du moindre objet, d'une gravure d'après Bercheim ou Zingarelli, d'un tableau de Magnasco, d'un portrait de Rosalba Carriera, des plafonds peints de la grande galerie du premier étage, un fil qui serpentait jusqu'aux écuries avec ses colonnes de marbre surmontées de vasques et de statues mythologiques, un fil qui n'était que le fil du temps, le fil de sa mémoire, bientôt une immense toile d'araignée au centre de laquelle il capturait la demeure de ses ancêtres, et leurs archives, et leurs aventures, et leurs amours, et qu'il dévorait méticuleusement, à la façon d'un animal parasite qui ne vit en somme que par procuration.

— Luigi et Adélaïde vécurent longtemps sur une île que Luigi avait achetée au large de Salò... L'isola Pedrotti, la seule île du lac de Garde... Et cela dura des années... Un scandale... Adélaïde avait déjà été mariée... Ils se moquaient du scandale. Ils vivaient en retrait du monde, seuls, indifférents...

Giuseppe décrocha dans la pièce voisine une gravure de l'ancienne isola Pedrotti — une gravure romantique avec ses premiers plans de pêcheurs enturbannés jetant leurs filets avec mélancolie, tandis qu'au loin se découpait une île rocheuse où s'accrochaient les ruines d'un couvent, à peine visible sous l'exubérance d'une végétation quasi tropicale.

— L'isola Pedrotti, répéta-t-il.

Puis brusquement, comme s'il était aspiré d'un sujet à un autre :

— Et cette île, Lisa Belgioso ne la connaît peut-être pas... Elle ne connaissait sans doute même pas son ancêtre Adélaïde... Belgioso, un nom si rare en Lombardie... ni ses amours avec Luigi Pedrotti...

Il se mit à rire, il repensait à Lisa Belgioso la veille au soir. On l'entendit rire, alors qu'il raccrochait la gravure de l'isola dans le petit salon adjacent...

Lisa Belgioso, Adélaïde Belgioso. Il oscillait entre les deux femmes, entre les deux images, entre le présent et le passé. Il revint dans le grand salon, il riait encore, d'un rire minuscule qui le faisait trembler, comme si un petit moteur s'était mis en marche à l'intérieur de son corps. Lisa Belgioso, Adélaïde Belgioso, laquelle choisir, laquelle aimer, laquelle oublier ? Il ne savait plus, il s'étourdissait, il riait pour lui-même de son indécision. De nouveau, nous avions cessé d'exister. Adieu, Giuseppe ! La tante, dans son coin, avait repris sa broderie, elle dodelinait de la tête en suivant le trajet du fil et de l'aiguille, elle aussi était lointaine, perdue dans ses chimères, ses romans de cape et d'épée peut-être, en compagnie du capitaine Fracasse ou du chevalier Pardaillan. Signor Bruschino dormait dans notre chambre, à l'étage au-dessus. Comme ce palazzo nous ignorait, brusquement ! Comme il nous rejetait ! Des étrangers et même pas des étrangers, nous devenions invisibles, transparents, fantômes...

— Adélaïde, Lisa, reprit pensivement Giuseppe.

Et puis, comme si la tension était trop forte, comme s'il se trouvait incapable de choisir entre deux femmes, entre deux époques, entre deux philosophies de la vie, Giuseppe craqua. Il se disloqua. Le mot n'est pas trop fort : il se disloqua, à bout de ressort, inerte, indifférent à tout. L'automate ne fonctionnait plus. Giuseppe se referma sur lui-même, il n'avait plus rien à dire ni plus rien à rêver. Il avait peur. Sa peur le raidissait, le dispersait. Les bras ballants sur les accoudoirs des fauteuils, ses longues jambes maigres étirées devant lui, désarticulé, il attendait, non, il n'attendait rien, il s'isolait dans une solitude minérale, le bonheur des pierres...

Le déjeuner ne lui apporta aucune rémission. La chaleur du jardin cognait contre les volets à persienne de la salle à manger. Un léger courant d'air faisait voleter les perroquets de dentelle des rideaux de macramé, le long des portes-fenêtres. La tante Carlotta, Giuseppe, Henriette et moi, nous sentions perdus aux quatre pôles d'une table ovale d'acajou faite pour accueillir une vingtaine de convives. Les mouches nous frôlaient de leurs bourdonnements géométriques. Entre la cuisine et la salle à manger, les plats étaient glissés par des mains invisibles à travers un guichet et Maddalena, une petite domestique-femme de chambre boulotte toute gantée de blanc, nous servait ensuite avec une lenteur trop déférente. J'avais l'impression qu'elle n'arrêtait pas de tourner autour de la table avant de se perdre dans l'ombre. Giuseppe ne mangeait pour ainsi dire pas. Un automate a-t-il besoin de manger ? La tante grignotait, elle prit bien un ou deux raviolis, de ces « ravioli alla zucca », raviolis au potiron, que l'on consomme par tradition dans les familles émiliennes ou lombardes. Le parfum lourd et fruité de l'huile d'olive relevait la tiédeur amorphe de la pâte et la saveur orientale et sucrée de la crème de potiron. Ce plat s'accordait à l'intimité domestique d'un autre siècle du palazzo Pedrotti.

Après le repas, Giuseppe se retira dans sa chambre où Maddalena lui servit son café. On le vit s'éloigner à travers l'enfilade des pièces du rez-de-chaussée. Le dos voûté, sa veste de lin jetée sur une épaule, il marchait à pas lents, sans regarder à droite ni à gauche. Flaques de lumière, zones d'ombre... il miroitait. Adieu fort théâtral ! Ses pas résonnaient sur le dallage de marbre. Il devenait spectre, apparition, disparition. Non, il n'avait pas besoin de regarder à droite ou à gauche pour se diriger, il n'habitait pas le palazzo, il était le palazzo, son miroir, sa conscience, et ses contradictions aussi : contradiction entre cette longue aile d'habitation où se succédaient au rez-de-chaussée une salle de télévision, une salle de billard, diverses antichambres, la cage d'escalier qui menait aux appartements du premier, le petit salon, le grand salon, la salle à manger — toutes ces pièces où s'entrechoquaient les styles, où les exigences du confort avaient dû bousculer les pesanteurs des siècles passés — et le corps central du palazzo, beaucoup plus haut, plus majestueux, flanqué, vers la cour et le jardin intérieurs, de deux tourelles-miradors purement décoratives, avec son grand salon de bal peint en trompe-l'œil, ses appartements vénitiens du XVIIIe siècle, et qui, lui, relevait résolument du musée. Giuseppe se trouvait déchiré entre ces deux territoires. Quand il nous quittait, je l'imaginais retournant aux appartements d'apparat, comme s'il y faisait retraite. De ses rêves, il retirait alors les housses. Il époussetait sa mémoire. Des crescendi rossiniens le berçaient. Adélaïde Belgioso vocalisait les grands airs de *Tancrède* ou de *Sémiramis.* La cantatrice le frôlait, elle avait quitté son île, elle avait abandonné Luigi, son amant conspirateur, pour le retrouver lui Giuseppe, au centre de ces folles architectures baroques de la salle de bal, colonnades, escaliers infinis, palais de porphyre et de marbre qu'avait peint à fresque sur tous les murs et le plafond un peintre fou de Tiepolo qui s'appelait Carlo Carloni... Giuseppe ne savait plus où il se trouvait, le palazzo Pedrotti le consolait des déconvenues du présent, le palazzo Pedrotti se dressait pour lui comme une bulle d'oubli, un refuge que ne lui offrait pas toujours l'aile habitée, contaminée par le présent...

La tante Carlotta resta une demi-heure au salon en notre compagnie. Elle avait repris son ouvrage de broderie, parce qu'il est convenable de broder, l'été, dans les grands salons frangés de lumière des palais italiens, parce que c'est la seule occupation qui s'accorde à l'immobilité de l'heure, du climat et des lieux. Au bout de quelques minutes, Henriette s'approcha d'elle pour admirer l'ouvrage qui n'avançait pas. A-t-on jamais vu une broderie avancer, c'est un travail en sur-place, un avant-goût de l'éternité. La tante releva la tête, lui montra le napperon. Elle brodait au « point d'ombre » : un vieux point de broderie qui consiste à faire passer sous la trame du tissu — un tissu diaphane, transparent : mousseline ou organdi — des fils de couleurs que l'on devine et dont l'ombre seule colore le motif. Admirable point d'ombre accordé à son maintien, à son effacement, à sa personnalité devinée sous l'élégance uniforme de son éducation ! La comtesse Carlotta Amalfieri glissait elle aussi sans bruit sous la trame de la villa.

Elle ne s'était jamais mariée. Pâle et d'une minceur translucide, elle avait des veines qui dessinaient sous la peau de ses mains d'étranges entrelacs, le point d'ombre toujours. Elle portait des robes de soie naturelle gris-souris ou mauves, et un ruban de velours noir serré autour du cou. D'évidence, elle avait échappé aux blessures de l'actualité. En dépit du fascisme, de la Seconde Guerre mondiale, des scandales politiques, des brigades rouges et même d'un maire communiste élu depuis peu à Paderna, elle n'avait jamais cessé de broder au point d'ombre. Elle parcourait aussi avec distraction la rubrique mondaine du *Giornale di Brescia,* et elle craignait le soleil comme une insulte. Rien d'autre ne pouvait la blesser. Elle devait veiller à la bonne tenue des armoires à linge, donner les ordres aux domestiques, dresser la liste des achats, rappeler à Maddalena de servir une orangeade vers quatre heures de l'après-midi — et c'est à peu près tout.

Du point d'ombre, la conversation d'Henriette et de la tante Carlotta dériva vers d'insignifiantes généralités puis vers Giuseppe. La tante nous confia à demi-mot ses craintes. Pourquoi Giuseppe ne se mariait-il pas ? Que deviendrait tout cela ? Et d'un geste fatigué de la main, elle englobait le salon et le palazzo tout entier et ses dépendances et le parc, le petit bois, le jardin potager... Elle avait peur, la tante Carlotta. Qui s'occuperait de Giuseppe quand elle ne serait plus là ? Ses questions demeuraient bien entendu sans réponse. Nous l'approuvions d'un signe de tête. Elle aurait bien voulu que nous lui décrivions cette Lisa Belgioso apparue dans la vie de son neveu la veille au soir. Qui était-elle ? Une jeune libraire qui tenait un magasin spécialisé dans les livres d'enfants, corso Zanardelli à Brescia, répondit Henriette qui avait dû lui parler au cours de la soirée, moi je somnolais et je n'avais rien remarqué. Et comment était-elle, jolie, élégante ? Henriette, une fois de plus, me surprit par la précision de ses réponses. Elle détailla les yeux bruns de Lisa, et sa jupe noire et son chemisier blanc sans manches avec col officier et entre-deux de dentelles.

La tante Carlotta soupira. Un frémissement à peine sensible, ses mains parcheminées relâchant le napperon brodé. Elle resta un instant, le regard dans le vague, à ressasser son désespoir, avant de reprendre l'aiguille. Elle était d'un âge qui ne supporte pas très longtemps la violence des grandes émotions, et c'est avec un sourire attendri qu'elle poursuivit, dans son français irréprochable que lui avait enseigné, avant la guerre, la Grande, des religieuses près de Nemours :

— Le père et la mère de Giuseppe l'appelaient, quand il était encore tout petit, « il gatto di piombo », c'est-à-dire le chat de plomb. Enfant, il restait des heures et des heures immobile, assis à même le carrelage ou l'été sur la pelouse, devant la grille du parc. On l'avait laissé là par hasard et quand on le retrouvait, il n'avait même pas bougé, vous savez, il n'avait pas touché à ses jouets, il n'avait pas pleuré. Une providence pour sa gouvernante ! Est-ce qu'il rêvait ? Est-ce qu'il était triste ? Allez savoir ! Parfois, nous nous faisions du souci...

Un chat de plomb, bien sûr ! Un chat de plomb qui avait les yeux verts de Signor Bruschino. Nous n'oublierions plus cette image. Il avait en effet une faculté stupéfiante, Giuseppe, de disparaître, de s'escamoter comme à l'intérieur de lui-même. Il se durcissait, il faisait bloc avec le palazzo, il semblait ne plus y avoir pour lui ni présent ni passé, ni nostalgie ni regret. Il vivait dans l'éternité, l'éternité des chats qui dorment, l'éternité des chats de plomb.

Dehors, un jardinier taillait des haies de troènes, et le crissement de son sécateur nous paraissait un bruit infiniment lointain. Le jardinier appartenait à un autre univers. Où s'était réfugié pendant ce temps Giuseppe ? Pensait-il à Lisa et aux moyens de la revoir ? Téléphonait-il déjà à son ami Augusto Allegri ? Dans son médaillon, Adélaïde Belgioso nous examinait de ses grands yeux très noirs. La tante Carlotta nous pria de l'excuser d'avoir tant parlé, elle reprit son napperon au point d'ombre. La chaleur devenait écrasante.

3. Les désarrois de Giuseppe Pedrotti

Voilà, je jouais de malchance ! Il y avait ce médaillon ovale, Adélaïde au bonnet de dentelle. Je comptais sur Giuseppe pour me la présenter, mais lui, il se retirait sur la pointe des pieds, il s'éloignait de sa maîtresse du passé, son amie consolante, elle se réfugiait dans l'ombre. Giuseppe songeait désormais à Lisa Belgioso, la jeune libraire du corso Zanardelli à Brescia, et il me laissait en plan. C'était trop bête. Toujours ce médaillon ovale. Une voix de contralto, avait dit Giuseppe. Il m'était difficile d'accorder un registre aussi grave, aussi sourd et dramatique, à son allure aimable, à son regard si malicieux, à cette douceur impérieuse qui émanait d'elle... Je passais des heures devant le médaillon, et Henriette ne comprenait pas. Elle s'ennuyait. Elle se promenait dans le parc ou bien elle chuchotait dans un coin du salon avec la tante Carlotta, et j'attendais. Adélaïde souriait, ses lèvres s'entrouvraient, et rien, le silence bien sûr. Giuseppe n'avait pas le cœur à s'expliquer.

Un soir pourtant, j'insistai. Giuseppe, après s'être réfugié dans sa chambre tout l'après-midi, était venu nous rejoindre au salon. Il souriait à la fois aux anges, aux deux grandes statues d'ébène qui éclairaient le piano, aux rosiers grimpants qui retombaient derrière l'une des portes-fenêtres, aux assiettes de faïence suspendues au-dessus de la cheminée ou à ses fantômes. Je crus qu'il souriait aussi à la cantatrice et je lui posai une foule de questions à son sujet. Il ne répondit pas. Giuseppe souriait bien aux anges mais pas à la jeune femme du médaillon ovale. J'insistai. Il haussa les épaules et resta muet...

Comme ils continuent de trembler, les souvenirs de cet été en Lombardie ! Comme ils se fragmentent en éclats de lumière, en bribes mélodiques — et je vois toujours rayonner au-dessus d'eux Adélaïde Belgioso dans son cadre d'acajou ! Était-ce juste après cette conversation avortée, était-ce au contraire quelques jours plus tard, mais comment savoir, comment retrouver la mémoire continue de notre séjour à Paderna, je me revoyais derrière Giuseppe, il marchait à pas vifs d'un salon à l'autre. Oui, de nouveau l'image se précise. Un soir de notre première semaine. Des pas qui résonnent sur le dallage de marbre, et l'on débouche tous les deux sous le portique du bâtiment central. Il n'y avait personne. Giuseppe venait d'ouvrir la bibliothèque à l'aide d'une grosse clé cachée entre deux pierres disjointes, il pénétrait maintenant à l'intérieur, moi sur ses talons. Tout se précise maintenant. Giuseppe dénicha ce soir-là trois volumes qu'il me tendit sans un mot : le tome I de la *Biographie universelle des musiciens* de Fétis, une étude en italien sur Rossini et *la Vie de Rossini* de Stendhal. Et sans attendre, il quitta la bibliothèque, verrouilla la porte, remit la clé entre les deux pierres du mur, et au moment d'atteindre le grand salon où nous attendaient Henriette et sa tante, m'expliqua enfin :

— Il y a là tout ce que l'on peut savoir officiellement sur la vie d'Adélaïde Belgioso. Ce n'est pas beaucoup. Le cher Stendhal écrit son nom « Belgiosa », mais il n'est jamais à une erreur près.

Un sourire éclaira son visage.

— Et ce que l'on peut savoir officieusement ?

— Ah ! répondit-il, bien sûr, officieusement...

Il avait ralenti le pas, il cherchait ses mots, ses pensées, bientôt il s'arrêta tout à fait, se tourna vers moi. De nouveau il souriait, ses yeux verts brillaient d'impertinence, il flottait dans la pénombre du palazzo, rejeté d'un salon à l'autre, entraîné par le flux et le reflux des souvenirs et des jours. Il était là, immobile, à peine oscillant d'un pied sur l'autre, une pendule dont on se demande si elle marche ou si ce n'est qu'une illusion. Tout devenait si concret autour de nous : une petite console au dessus de marbre dans cette antichambre où nous nous trouvions, deux vilains fauteuils en rotin échoués là on ne sait pourquoi, un vieux poste de TSF — et pourtant ce décor n'offrait rien de rassurant, aucune aspérité, aucun point fixe auquel s'accrocher. Giuseppe souriait, flottait, indécis, et je l'imaginais à chaque instant prêt à se laisser emporter, balayer, rouler, secouer, noyer d'une pièce à l'autre, d'une aile à l'autre du palazzo, comme s'il tenait au présent par un fil, comme si le moindre choc, le moindre effleurement suffisaient pour libérer les vannes du passé et pour que Giuseppe disparaisse alors avec ses angoisses et sa nostalgie. L'enfilade des pièces s'ouvrait derrière lui, devant lui — et j'y voyais un toboggan, un trou d'air, un puits, un gouffre — qu'importe l'image ! —, une tentation pour lui de disparaître, de devenir image, épave, point d'ombre.

— ... Belgiosa, évidemment, cela sonne mieux que Belgioso, reprit-il. Mais Stendhal est avare de détails : ce qu'il sait d'Adélaïde, il le tient de Giuditta Pasta... Rien de première main. D'ailleurs, *la Vie de Rossini* n'est pas un livre de première main mais de second rayon.

Il se remit à marcher, à pas lents. Il s'était rattrapé in extremis, préférant l'érudition au vertige, l'anecdote à l'aveu. Je ne pouvais plus insister.

Ce fut vers la fin de la semaine que Giuseppe invita pour la première fois Lisa Belgioso à déjeuner. Elle vint seule. Augusto Allegri, chirurgien à l'hôpital de Salò, opérait ce jour-là. Je soupçonnai Giuseppe de n'avoir pas fixé cette date au hasard.

Non, rien de commun entre Lisa du temps présent et Adélaïde des souvenirs enfouis ! Lisa portait une ample jupe de cotonnade orange et noir et un chemisier d'un orange plus pâle. Avec ses inamovibles bracelets d'or qui tintaient à chacun de ses gestes, ses cheveux qui roulaient sur ses épaules, son teint cuivré, son maquillage un peu trop prononcé, ses lèvres rouges et brillantes, ses sourcils noirs épilés, elle ressemblait à une gitane, une bohémienne chic à la séduction entraînante — et déjà Giuseppe se laissait entraîner. Mesurait-il cette pointe de vulgarité que trahissait le comportement de Lisa, et qui n'était que la traduction de sa timidité, de son manque d'assurance qui la conduisait à arborer des déguisements, à adopter un comportement excessif, des rires un peu trop perlés, des poses apprêtées ? Du moins Lisa avait-elle cette vertu de dissiper les mirages. Auprès d'elle, les statues redevenaient statues, point d'équivoque ! Et la pâle Adélaïde dans son médaillon ovale, une image, une simple représentation, rien de plus ! Le passé ne pouvait affecter Lisa. Les ombres avec leurs regrets ou leurs remords, les vivants avec leurs amours, et basta ! Elle plaisantait parfois si fort qu'on sentait bien qu'il ne fallait pas plaisanter longtemps avec elle, Lisa. Le sens des réalités ! Elle ignorait les chemins de traverse... Très vite, Giuseppe lui expliqua la coïncidence des noms, justifia son comportement de l'autre jour, fit une brève allusion à la liaison d'Adélaïde Belgioso et de Luigi Pedrotti. Lisa s'amusa de l'histoire, décréta que le portrait d'Adélaïde ne lui ressemblait en rien, elle éclata de rire, ses bracelets cliquetèrent, ses cheveux châtains roulèrent comme des vagues — et elle changea de sujet.

Elle ne craignait pas la chaleur, elle craignait la tiédeur immobile du palazzo : elle ne craignait pas le soleil, elle craignait les ombres, les sous-entendus, la poussière déposée sur une culture qui n'était pas la sienne... Lisa demanda à visiter le jardin avant de passer à table. Un jardin, voilà son domaine ! Un espace libre où se déployer, aucune concurrence, des fleurs, des buissons, des arbres qu'elle pouvait nommer. Et Giuseppe lui obéit. Il alla chercher dans la cuisine (ah ! cette cuisine du palazzo Pedrotti, immense et fraîche, avec ses deux éviers de pierre, ses bassines de cuivre suspendues au mur, ses carreaux de faïence bleu et blanc et ses moules à gâteaux sur la desserte, de toutes les formes et les tailles imaginables, ah ! cette cuisine dont les ramures d'un vieux tilleul obscurcissaient les deux hautes fenêtres grillagées, cuisine des contes de fée et des enfances que l'on se rêve !), un chapeau de paille dont les bords retombaient sur ses yeux et sa nuque, et qui donnait à sa longue silhouette raidie par des années d'oisiveté inquiète une allure fin de siècle des plus irréelles. Attendrissant Giuseppe, moitié cow-boy désabusé, moitié gentleman-explorateur rongé par l'opium ou l'ennui ! Lisa brûla de se moquer de lui, de sa tenue, mais elle n'était pas encore assez intime pour céder à la tentation. Elle le complimenta toutefois sur son chapeau. Il répondit par un vague grognement, se saisit d'une canne et sortit.

Le petit bois ruisselait de toutes ses feuilles. Des flaques se formaient au pied des arbres, dans le creux des racines. Giuseppe prit la tête de l'expédition. Henriette fermait la marche, Henriette frissonna, elle se plaignit de picotements dans la gorge... Au loin, dans une allée du jardin potager, le jardinier nous aperçut et tourna un robinet. La rampe d'arrosage cessa de tournoyer. En réponse, on entendit distinctement le hululement d'une chouette, puis le doberman aboya.

— Du calme, Metastasio, du calme, cria Giuseppe. (Puis se retournant vers nous :) Ne craignez rien, il aboie et il gronde, mais je me demande si ce n'est pas de bonheur tellement il s'ennuie. Il ferait fête au premier cambrioleur venu.

Même le doberman souffrait de la fuite du temps ! Nous l'apercevions, masse grise et élastique qui tirait sur sa laisse, en lisière du bois, pour chercher à nous rejoindre. Lisa obliqua pour s'éloigner de l'animal, Lisa avait peur des chiens, mais une gitane n'avoue jamais sa peur.

Henriette se racla la gorge.

— Et la chouette ? demanda-t-elle.

Giuseppe leva la tête vers les plus hautes cimes des arbres. Où se cachait la chouette ? Je pensais à ces vieilles devinettes des images d'Épinal, où des renards, des chèvres, des meuniers, des grand-mères toutes ridées profitent de l'entrelac des branches pour se dérober aux regards trop distraits. D'habitude, il suffisait de renverser le dessin... La chouette... Giuseppe marchait de son rythme lent et saccadé, brandissant sa canne vers les hêtres roux, les cèdres, les marronniers d'Inde, les tulipiers et autres espèces précieuses que les comtes Pedrotti avaient apportées et fait planter dans leur demeure depuis deux siècles et demi... Lisa s'était retournée, elle examinait l'aile droite du palazzo que l'on apercevait encore entre les troncs, comme une image inaccessible, surexposée, brûlante, avec ses tuiles rondes d'un rose délavé par des années et des années de soleil. Lisa ne cherchait pas à découvrir la chouette.

— Là ! murmura Giuseppe.

Où ? Giuseppe laissa retomber son bras, et je la vis, je la devinai tout de suite, elle ne bougeait pas, à peine plus grise, plus brune que les feuillages du hêtre au sommet duquel elle était juchée. Son immobilité terrifiait. Henriette me serra le bras. La chouette était là, engoncée dans ses plumes, sa patience, son infinie résignation. Ses yeux dévoraient sa tête. Elle n'était qu'un regard.

— Elle a dû se blesser à une aile, elle ne vole plus. Francesco le jardinier lui donne à manger chaque jour au bout d'une longue perche, dit Giuseppe.

De nouveau la chouette lança son hululement lisse et clair et rond comme une boule de cristal — et cela sans bouger, sans ciller, sans un tremblement, à croire qu'une autre chouette invisible — une doublure — avait lancé cet appel à une solidarité impossible.

— Si elle ne se rétablit pas dans quelques jours..., poursuivit Giuseppe ; et il acheva sa phrase par une grimace.

Un peu plus tard, la chouette battit des ailes avec lenteur et sauta de sa branche à la branche la plus proche. Nous aurions tant voulu qu'elle disparût et que tout rentrât dans l'ordre, pour n'en plus parler : la nuit avec la nuit et le passé avec l'oubli !

Lisa se fatiguait de sa promenade. Ce sous-bois l'étouffait et détrempait ses espadrilles. Giuseppe nous fit faire demi-tour. Lisa le prit par le bras avec une familiarité qui le déconcerta. Metastasio se mit à grogner, à gémir. Fin de la visite. J'entendis le cliquetis de sa chaîne, mais je ne me retournai pas car je ne voulais pas croiser son regard ni celui de la chouette. En sortant, nous nous heurtâmes au mur de chaleur du jardin découvert. Le jardinier, au loin, revint sur ses pas. Il ouvrit le robinet et la rampe d'arrosage se mit à tournoyer dans le petit bois avec son bruit de cascade.

Henriette resta silencieuse au cours du repas qui suivit, sa gorge la brûlait, et la tante Carlotta aussi ne prit aucune part à la conversation. Fidèle à son habitude, elle s'était glissée à sa place, esquissant un sourire. Elle pensait que son rôle était d'abord de se faire oublier. Et de fait, Lisa et Giuseppe l'oublièrent, Lisa parce qu'elle se laissait intimider par l'apparat du service, la tiédeur compassée de la pièce et qu'elle s'accrochait d'abord à ses couverts, en buvant peut-être un peu trop, en riant, en s'efforçant d'éclairer cette table noyée sous les silences (mais sa frivolité butait sur l'inertie des habitudes et des siècles passés, sur cet air immobile, lourd, qui engourdissait la salle à manger), Giuseppe parce qu'il tentait avec obstination d'échapper lui aussi à toutes ces pesanteurs, à rejoindre Lisa dans un monde sans mémoire, pathétique Giuseppe ! Mais lui qui ne parlait jamais beaucoup, comment aurait-il pu se mettre d'un seul coup à parler sans souffrance ?

A la fin du déjeuner, Lisa but quatre tasses de café et s'écria : vive le café italien, comme elle aurait dit n'importe quoi, vive l'Italie peut-être, l'important étant d'abord pour elle de parler, de dresser ses paroles comme un écran, une armure bien rassurante à opposer aux fantômes muets du palazzo. Et elle sourit à Giuseppe, et lui aussi voulut lui sourire et se défaire de cette gravité qui l'isolait — mais malgré ses efforts il ne pouvait y parvenir. Lisa venait de prononcer le mot Italie, et Giuseppe maintenant le saisissait, le tournait et le retournait. L'Italie existait-elle ? Est-ce que Metternich n'avait pas raison, lui qui pensait que l'Italie n'est qu'une expression géographique ? Lisa ne comprenait plus, elle avait repoussé sa tasse, elle trouvait le temps long... Giuseppe ne plaisantait pas, il aimait certes les paradoxes, mais il se sentait d'abord un homme du nord, plus proche de nous, plus proche de la France que de la Sicile. Non, la Sicile, ajoutait-il, n'est pas l'Italie, elle est espagnole, normande, anglaise, arabe, et le royaume de Naples aussi, il le rendait aux Espagnols...

Giuseppe se ménageait de longs silences, il refaisait l'histoire et la géographie, il souriait de malice, il ne souriait plus à Lisa, il souriait à ses paradoxes, il jouait de ses paradoxes mais il jouait seul, il confisquait la conversation et s'amusait à la prendre à revers, il inventait des questions, fournissait des réponses, ménageait des moments d'attente — et tout cela pour une représentation dont il était le seul auteur, le seul interprète et le seul vrai public. Giuseppe fronçait ses sourcils, ses beaux yeux de chat fixaient un point invisible, et nous n'existions plus — même Lisa la sensuelle, la jolie gitane de gravure de mode dont les bracelets d'or s'entrechoquaient dans un autre monde que celui qu'il parcourait alors... Lui, il rendait Rome, avec tous les Romains, aux États pontificaux, il trouvait cela très bien ! Il ne voulait rien attendre de la vulgarité romaine, l'Italie s'arrêtait à la Toscane, et encore, et encore...

Un peu plus tard dans le salon, tournant résolument le dos à la cheminée et au présentoir de velours où s'alignaient Adélaïde et les ancêtres Pedrotti, Lisa tenta de reprendre la situation en main. Elle proposa de passer l'après-midi à Sirmione chez des amis qui possédaient une propriété avec une plage privée non loin des grottes de Catulle. La malheureuse ! Giuseppe haïssait les plages, les bains, la foule, les crèmes solaires, les sardines grillées, les touristes allemands, les relents d'égout, les hors-bord, les matelas pneumatiques, les maîtres-nageurs, les plongeoirs, les oursins, la pêche sous-marine, les romans policiers, les cornets de glace, les chaises longues, les coups de soleil, les buvettes, les serviettes éponge, les lunettes noires, le vent qui décoiffe, les parasols orange, les traces de cambouis, les chiens en liberté, le sable et les galets, le *Corriere della Sera,* les bouées canard et les odeurs de frites. Dès qu'il y a un point d'eau, répétait-il, tout ce qu'il haïssait s'agglutinait sur ses bords. Même Lisa ne pouvait le forcer à cela : le rivage du lac de Garde au mois d'août ! Mais elle trahit si fort son désappointement que Giuseppe avança un contre-projet, un contre-feu : une excursion qu'il promit sans touristes, sans ski nautique, sans étoiles dans le guide Michelin, une surprise, vous verrez...

La gardienne en noir ouvrit le petit portail et le referma derrière nous. Le carillon de l'église nous arriva, lourd et assourdi, comme si l'air avait quelque chose d'épais. Le village de Paderna était mort, la plaine lombarde paralysée, les routes grillées de soleil et s'abîmant dans une brume de chaleur. Partout un silence d'ancien marécage et toujours pas une âme qui vive. Pourquoi une âme se serait-elle égarée ici, surtout à l'heure de la sieste ? Giuseppe conduisait lentement, bien droit contre son volant. Des bouquets d'arbres piquetaient les champs de maïs et l'on aurait dit des montants de décors d'opéra. Lisa s'était assise à l'avant et ne disait rien, elle observait Giuseppe, les lèvres entrouvertes, sceptique, hochant la tête et nous prenant à témoin — mais de quoi ? Incorrigible Giuseppe, cher Giuseppe si attentif à sa conduite, si effrayé du moindre imprévu, attendrissant Giuseppe qui ne dépassait pas le soixante-dix à l'heure et qui aspirait la route de ses grands yeux verts (et notre chat, au même moment, devait somnoler dans notre chambre, les yeux mi-clos, dans l'embrasure de la fenêtre, à guetter le vol des bouvreuils et des mésanges qui tournoyaient à sa hauteur), séduisant Giuseppe, mince, élégant, les lèvres fines, invulnérable à la chaleur, inaccessible Giuseppe qui ne disait mot, nous menait vers une destination connue de lui seul — et l'on se demandait si nous comptions pour lui ou non. Lisa nous prenait à témoin car comment prendre Giuseppe à témoin ? Même arraché au palazzo Pedrotti et à ses dépendances, arraché à ses architectures baroques, à ses bibliothèques grillagées, à ses salons et ses salons à la queue leu leu, à sa chapelle blanc et or où, chaque dimanche à midi, le curé de Paderna venait célébrer la messe (et l'on dénombrait plus d'une cinquantaine de fidèles, Giuseppe s'y montrait dans la loge des comtes Pedrotti), oui, même arraché à tout cela, Giuseppe semblait encore protégé du monde et de l'actualité par une carapace invisible — une faculté d'indifférence et d'oubli, une épaisseur de rêveries contre lesquelles venaient se briser en mille morceaux les désagréments de la vie quotidienne. Lisa cognait contre cette carapace (sans doute même Giuseppe cherchait-il à en sortir pour la rejoindre) mais rien à faire ! son sourire moqueur et attendri lui était renvoyé, réverbéré, Giuseppe ne le voyait pas, Giuseppe conduisait. Il conduisait sa vieille Lancia et manifestait sa crainte et sa surprise quand une autre voiture nous croisait, osait en somme s'aventurer sur ses terres.

On traversa Ghedi et Malpaga.

De vieux villageois assis sur des chaises de paille nous regardèrent passer sans manifester aucune émotion, sans même tourner la tête. Depuis des années et des années, le soleil les avait sûrement aveuglés. Ils s'étaient laissé vaincre par l'ennui, ils ne guettaient plus rien car ils n'espéraient plus rien, ils ressemblaient en cela à tous les vieillards de tous les villages du monde : mêmes visages ravagés, mêmes corps voûtés, mêmes yeux inertes, et l'attente — l'attente de la mort, sans révolte, sans bruit, sur le perron de leur maison ou au seuil de boutiques qui n'abritaient guère que de la poussière.

Et toujours la plaine lombarde et son éternité de chaleur.

Après Montichiari, on rejoignit la route de Brescia à Mantoue, et un peu plus loin nous obliquâmes sur la gauche. A quelques centaines de mètres de la sortie d'un gros bourg, Giuseppe gara la Lancia à l'ombre d'une rangée de cyprès. Nous sortîmes tous les quatre.

— Le champ de bataille de Solferino, dit Giuseppe en englobant la plaine d'un geste large.

Et malgré la chaleur, il remit sa veste sur ses épaules.

Giuseppe voyait le champ de bataille. Henriette et moi n'apercevions que des champs de blé, des fermes, des lignes de peupliers et de cyprès et, un peu plus loin, perdu dans la brume, le dôme massif de l'église de Montichiari. La terre se gonflait en petits monticules — des boutons de fièvre. Lisa, elle, n'apercevait rien, elle se contentait sans doute de réinventer, derrière Montichiari, les rivages lagunaires du lac de Garde, la pointe de Sirmione, les plages de galets noircies de monde et la fraîcheur de l'eau.

Henriette s'accrocha à mon bras.

— Je peux à peine parler. Tu crois que je devrais voir un médecin ?

Elle désignait sa gorge, elle avait du mal à déglutir.

— Mais non.

Et je me dégageai doucement.

— Il paraît, ajouta Giuseppe, que les paysans retrouvent encore des tibias, des crânes, des fémurs en labourant leurs champs.

Sans attendre de réponses ou de réactions de notre part, il monta le long d'une allée caillouteuse ombragée de cyprès, qui menait au sommet d'un tertre. Il avançait lentement, posément, avec une raideur attentive — indifférent à la chaleur et à la fatigue. Une horrible petite chapelle néo-byzantine avait été édifiée au sommet de la colline... Il nous laissa entrer les premiers...

— Un rêve de chien, murmura-t-il.

Tout d'abord de la fraîcheur, de l'ombre, et l'on ne voyait rien et il fallait accommoder. Non, ce n'était pas une chapelle. Ni autel, ni confessionnal, ni orgue, ni harmonium, mais des éléments géométriques sur les murs, des formes rondes, des batons... un ossuaire ! Des rangées et des rangées de crânes, de tibias serrés à la verticale, et une crypte centrale que protégeait une rambarde circulaire, et dans la crypte, derrière des vitrines creusées dans la pierre, d'autres crânes, d'autres péronés, d'autres fémurs, d'autres vertèbres classés selon leurs formes, leurs volumes, des milliers et des milliers de crânes, un vertige méticuleux, des myriades de squelettes étiquetés, les mille et un morceaux de la mort. Henriette frissonna. Je lui repris le bras. Trop, c'est trop ! Cette extravagante accumulation d'ossements éloignait la mort, la mort individuelle, obsédante, scandaleuse, inimaginable parfois, lui faisait réintégrer un anonymat rassurant, une sécurité arithmétique — et le morbide tournait au dérisoire.

Giuseppe sortit le premier. Il se découpa à contre-jour, et les tibias là-haut ne comptaient plus, trop nombreux pour être vrais, trop théâtralement disposés, des abstractions. Un vrai squelette se devine comme une ombre sous la peau ou un fil de couleur sous la trame du tissu, une masse dure sous la mollesse de la chair, qui résiste, qui attend, jamais très longtemps... Et je pris Giuseppe en pitié, je ne sais pourquoi. Parce qu'il vivait déchiré peut-être, écartelé, qu'il s'essayait parfois à vivre, à retrouver un bonheur de l'instant (et Lisa la jolie libraire du corso Zanardelli à Brescia, ample, féminine, opulente, incarnait cette tentation) et qu'il allait retomber peut-être comme à l'intérieur de lui-même, chat de plomb, chat de mémoire, confronté à d'autres images, à une cantatrice sublime et sans voix, Adélaïde, une miniature et un palais de pierre pour abriter ce monde inanimé...

Lisa n'avait pas dit un seul mot depuis le début de la visite, Lisa s'ennuyait.

— Ce n'est pas de très bon goût, lança-t-elle simplement au moment de remonter en voiture.

Giuseppe ouvrit la bouche pour répondre mais il se ravisa. A quoi bon ? Il regarda Lisa, ne put croiser son regard et s'enfonça alors dans un mutisme désolé.

Non l'ossuaire de Solferino n'était pas de très bon goût, la mort non plus, ni les ossements ! Et Lisa avait du goût, autrement dit elle n'avait pas beaucoup d'imagination. Elle préférait les plages du lac de Garde... Mais déjà elle avait retrouvé son sourire, elle était heureuse parce qu'elle savait oublier.

Giuseppe conduisit plus lentement encore au retour.

Tard dans la soirée, bien après le départ de Lisa, il nous répéta, abattu :

— Je n'aurais pas dû, ce n'était pas de très bon goût, en effet.

Je m'efforçai de le rassurer. Le bon goût et le mauvais goût n'entretenaient que peu de rapports avec l'ossuaire de Solferino. Il ne voulut rien savoir, il avait irrité Lisa Belgioso et c'est tout. Il nous quitta après le dîner pour s'enfermer dans sa chambre.

La nuit montait... Le ciel devenait turquoise derrière le petit bois où veillait une chouette immobile. La tante Carlotta se retira elle aussi dans sa chambre, diaphane, elle disparut, glissa sur le dallage de marbre, et une porte résonna au premier étage. Aucun souffle de vent. J'entrouvris les volets (plus tard dans la soirée, un gardien viendrait les verrouiller, qui n'avait en apparence d'autre emploi au palazzo Pedrotti que de veiller à l'ouverture et à la fermeture des volets de toutes les pièces, matin et soir) et le clapotis du jet d'eau dans le bassin circulaire vint s'insinuer dans le grand salon, bruit insidieux, mensonger avec sa promesse abusive de fraîcheur... Henriette avait cessé de souffrir mais maintenant elle ne pouvait plus articuler un mot. Extinction de voix totale, congestion des cordes vocales, qui sait ? Elle s'exprimait sur le souffle... Signor Bruschino devait nous attendre dans notre chambre. Sur la table basse traînait un numéro du *Giornale di Brescia.* Le salon s'élargissait avec le crépuscule, le piano reculait, le présentoir des médaillons s'effaçait dans l'ombre. Toujours le ruissellement du jet d'eau. Une autre porte claqua, loin, très loin, dans une autre maison peut-être... Et c'était cela l'actualité du palazzo Pedrotti : une nuit d'été protégée de toute dissonance. Les statues de Diane et d'Endymion, gorgées de soleil, irradiaient encore dans le parc. Ah ! ce sentiment de solitude absolue, d'indifférence absolue. Nous restâmes de longues minutes, Henriette et moi, sans bouger, au seuil du salon et du parc, à voir le ciel virer au violet et les nuages rosir en des confitures de technicolor.

Je feuilletai le *Giornale di Brescia*... Après le tremblement de terre du 28 juillet, la Chine n'en finissait pas de comptabiliser ses morts par centaines de milliers. Après les jeux Olympiques de Montréal, l'Union soviétique, les États-Unis et la RDA n'en finissaient pas de comptabiliser leurs médailles par dizaines — et tout cela venait s'échouer à Paderna, à la page des nouvelles du monde du journal local que personne ne songeait à lire... A Beyrouth, la guerre civile faisait rage et l'on annonçait la chute du camp palestinien de Tell-el-Zaatar — mais quel éclat d'obus, quelle charge de dynamite auraient pu inquiéter les crépuscules du palazzo Pedrotti ?

Je tournais les pages, je me rapprochais.

A Rome, Giulio Carlo Argan, indépendant de gauche figurant sur une liste communiste, venait d'être élu au poste de maire (c'était le 11 août), tandis que le démocrate-chrétien Andreotti, chef du nouveau gouvernement, prononçait son discours d'investiture devant la Chambre et le Sénat... Mais Rome aussi était trop loin de Paderna, le Latium de la Lombardie.

Je me rapprochais encore.

A Brescia, à moins de trente kilomètres donc, un capitaine de gendarmerie, Alfredo Tomasi, avait été abattu, corso Magenta, à l'angle d'un magasin nommé « Coin Coin », dans la nuit du 9 au 10. Touché aux jambes et au ventre, il avait succombé au cours de son transport à l'hôpital San Bernardino. Par un communiqué téléphonique, les Brigades rouges revendiquaient cette exécution d'un « tortionnaire du peuple ». Vingt-quatre heures plus tard, l'explosion d'une charge de plastic devant l'Université faisait trois blessés graves. On soupçonnait le MSI de cet attentat dirigé contre des locaux où se déroulait un séminaire d'été sur le marxisme et la crise du tiers-monde. Mais ni Giuseppe ni la comtesse Carlotta Amalfieri n'avaient rien entendu de ces déflagrations. Au palazzo Pedrotti, on n'entendait jamais rien.

La nuit montait, opacifiait le petit bois. Signor Bruschino dormait maintenant sur notre lit et comme tous les chats qui dorment, il était en contact avec l'éternité. Henriette se demanda pourquoi elle ne pouvait plus parler mais je n'avais aucune réponse à lui fournir. Dans son cadre ovale, Adélaïde souriait, et seule peut-être, elle savait pourquoi.

4. « *Dichiaro e non senza rossore* »

Quelques images encore de ce séjour, les premières images, scènes fragmentées, rêve dont on ne parvient pas à retrouver la cohérence ou la chronologie. Les souvenirs se dérobent, s'engourdissent dans la conscience du mois d'août...

Il y a par exemple ce petit bureau de tabac, sur la place du village, à Paderna. Pour quelles raisons Giuseppe nous a-t-il accompagnés, Henriette et moi ? Henriette veut payer ses timbres, elle ne trouve pas sa monnaie, mais cela ne fait rien, nous sommes accompagnés du comte Pedrotti. Le propriétaire de la boutique nous donne les timbres, Giuseppe lui a fait un signe, il paiera plus tard. Mais peut-être avons-nous mal compris, peut-être Giuseppe est-il déjà en compte, ou est-il propriétaire de la boutique, des autres boutiques, du village entier, nous ne savons pas. Assurément, il est le seigneur du lieu. Et quand il quitte le bureau de tabac, il y a des paysans qui jouent aux cartes sur une table de formica, dans un coin, et le saluent avec des « signor conte » ou « signor contino », comme dans *les Noces de Figaro...*

Sur la place, des ouvriers dressent une estrade pour le bal du parti communiste, le bal de l'Unità, mais ils passent leur temps à admirer le travail déjà fait et à s'invectiver. Des coups de marteaux épisodiques se répercutent en écho, de la façade de l'église à la façade de la mairie. Les boutiques ont tiré leurs rideaux. La place se resserre devant nous par un goulet. Au-delà s'étire un ruisseau d'eau croupie, le canal d'irrigation qui longe la rue principale. Et de l'autre côté se dresse le palazzo Pedrotti, lézardé et secret, hors de proportion avec le village qui s'est agrandi à distance respectueuse. On a le sentiment qu'on ne parviendra jamais à l'atteindre, que nous sommes bel et bien paralysés.

Et puis il y a un grand blanc, un soleil aveugle. Je ne vois que le médaillon d'Adélaïde, la jeune femme au bonnet de dentelle qui me sourit et insiste ; et Henriette, de son côté, par symétrie, par dépit, par esprit de revanche et de jalousie, qui s'enfonce dans sa peur de la maladie et dans son silence...

Mais la mémoire revient, retrouve enfin une certaine continuité. Un retour de promenade avec Giuseppe, peut-être en ce jour où nous avions cherché les timbres au bureau de tabac. Ici à Paderna, nous expliquait Giuseppe, chacun a sa clientèle, chacun a besoin d'une clientèle pour vivre, les communistes et les autres. Nous passions près d'une pharmacie, la seule boutique moderne du village. Un calicot du PCI placardé sur la vitre, devant des stores vénitiens, annonçait le bal de l'Unità. C'était la pharmacie du maire, et Giuseppe nous demandait où militait donc le deuxième pharmacien, celui de la via dei Mille. A la démocratie-chrétienne bien entendu ! Il en paraissait effondré. Mais il faut bien se choisir une pharmacie, un jour ou l'autre, lui fis-je remarquer. Non, non, il ne voulait rien entendre ! Rester à l'écart, tout est là...

Pourtant, depuis quelques jours, il vivait un peu moins à l'écart. Il se mettait à téléphoner, et quand il décrochait et qu'il raccrochait, l'appareil situé dans notre chambre grésillait. Il téléphonait sûrement à Lisa Belgioso — Lisa qui habitait Brescia, une vraie ville, industrielle, avec des faubourgs interminables et laids, où il y avait des maisons, des boutiques, des librairies pour enfants, des marchands de journaux et une grande place — la piazza della

Loggia — où des gens se réunissaient, respiraient, parlaient du tremblement de terre de Chine, du gouvernement d'Andreotti, des attentats contre l'Université ou contre le capitaine de gendarmerie dont on écorchait déjà le nom... Lisa insufflait à Giuseppe de cet air vif, de cette actualité tourbillonnante, et sous ce tourbillon il commençait à s'agiter, à onduler lui aussi, un peu à la façon d'un drapeau qui se décolle, qui se déroule de sa hampe et frissonne et claque sous la brise.

La gardienne en noir nous attendait sous le porche, elle nous regardait venir à sa rencontre, elle protégeait Giuseppe qui ne devait pas avoir l'habitude d'aller souvent faire ses courses à pied, au village, en face. Elle ne serait rassurée que lorsqu'elle aurait refermé le portail derrière nous. Elle qui veillait à ce qu'aucun intrus, jamais, ne pénétrât au palazzo, elle devait veiller aussi à ce que personne n'en sortît, aucun doute là-dessus.

— Et si l'on reparlait d'Adélaïde, dis-je. Elle a vécu ici ?

— Non, je ne crois pas. Sa liaison avec Luigi faisait scandale et les autres Pedrotti ne voulaient pas la recevoir, même Teodoro, le frère de Luigi, Teodoro, le jeune frère, le frère aimé qui habitait alors Paderna... Et puis avec les années, les épreuves, la prison, les habitudes, je crois que les susceptibilités se sont apaisées. Luigi et Teodoro ont recommencé à s'écrire. Teodoro est venu seul à l'isola, puis il a dû les inviter ici, un déjeuner, un dîner, une simple visite. Quelle famille !

Nous n'étions plus qu'à quelques dizaines de mètres de la gardienne qui se tenait bien droite dans l'encadrement du porche. Les jeux de perspective semblaient déposer sur sa tête, telle une couronne de fer, la lanterne ouvragée qui pendait du portique — et au-delà du bâtiment central, au bout de la cour intérieure, les deux statues de la grille, de la cancellata, Diane et Endymion, l'encadraient comme des gardes du corps aussi emblématiques qu'elle : la gardienne en noir, et les deux minuscules statues toutes blondes du soleil matinal. Et Giuseppe remontait l'allée à leur rencontre, comme pour je ne sais quelle cérémonie du sacre, il franchirait le porche du palazzo — et le palazzo se refermerait sur lui pour toujours.

— C'était en 1829 ou 1830, Adélaïde avait plus de quarante ans, elle avait cessé de chanter ou du moins de se produire sur scène. Elle n'était plus la jeune femme provocante et affranchie que son amant avait fait peindre sur un médaillon, Adelaïde affichait désormais une gravité sereine, un bonheur sans illusion et sans éclat. Elle et Luigi ne pouvaient vivre l'un sans l'autre, ils s'étaient mis à se ressembler, mais ils ne songeaient plus à s'en émerveiller. Ils avaient pris l'habitude de s'aimer, l'habitude de vivre seuls, d'adopter les mêmes expressions, de faire le tour chaque matin de leur domaine, cette petite île du lac de Garde où personne ne venait plus leur rendre visite. Ils évoquaient sans nostalgie les années d'autrefois, et l'époque où toute l'Italie musicale et poétique et politique aussi se bousculait dans le vieux couvent des frères mineurs qu'ils avaient réaménagé : Donizetti, la Pasta, Cesare Arici, Silvio Pellico, Pietro Lechi, Rossini bien sûr...

Giuseppe laissait filer ces noms, les uns après les autres, ces noms connus ou inconnus de nous, et il ne s'en souciait pas ; il les laissait filer comme il aurait lancé des sondes, des ancres qui lui permettaient de toucher le fond, de racler son passé, de s'amarrer enfin à quelque chose de solide, de précieux... La gardienne avait refermé le portail de bois, Giuseppe était sain et sauf, elle soupira... Et il ne pensait plus à Lisa, et il ne pensait pas non plus à nous qui l'escortions, Henriette la silencieuse, moi de l'autre côté qui m'efforçais de remettre un peu d'ordre, de logique, de continuité dans la vie d'Adélaïde Belgioso qui, un soir de l'hiver 1813 à Venise, avait créé le rôle de Tancrède au théâtre de la Fenice et assuré du même coup, ainsi que sa gloire, l'immortalité d'un compositeur de vingt et un ans, un joli garçon au visage poupin, aux yeux malicieux, un peu rêveur, un peu coléreux, un peu paresseux, mais qui se démenait comme un diable (non, il n'y a là ni paradoxe ni contradiction !), écrivait à la va-vite, se moquait de l'héroïsme comme de l'an quarante, aimait les femmes et l'argent (surtout l'argent), ne savait plus quoi faire des mélodies qui lui trottaient par la tête, et qui s'appelait Gioacchino Rossini...

— Finies depuis longtemps les visites, Adélaïde et Luigi vivaient donc seuls, oubliés, les gloires s'épuisent vite en Italie, Rossini s'enrichissait à Paris, eux, ils s'aimaient sans passion, un bonheur paisible, ils goûtaient enfin une absence de malheur. Alors pourquoi ne pas renouer avec leur famille ?... Il faut imaginer la visite qu'ils firent à Paderna, oh ! quelle soirée ! Lugubre, lugubre... Teodoro avait épousé la fille d'un pair de France, mademoiselle de la Baudinière, pieuse, dévote, confite, triste à pleurer...

Et de nouveau, tout en parlant, Giuseppe empruntait l'enfilade des salons du rez-de-chaussée, un rite, comme si toujours au palazzo, lui, Giuseppe devait se réduire à une silhouette malhabile passant d'une pièce à une autre, insaisissable, quelqu'un qu'il fallait suivre, poursuivre, et les murs semblaient des rivages, et il glissait au fil du courant, dans des tourbillons, et rarement il s'immobilisait sinon tout au bout, dans le grand salon, cette pièce neutre, ce cul-de-sac, ce lac d'eau morte où il ne se passait rien — et alors Giuseppe se taisait ou repartait Dieu sait où, il ne nous invitait plus à le suivre.

— Ce n'est qu'après sa mort, bien après sa mort, qu'Adélaïde, ou plutôt les souvenirs d'Adélaïde, ses reliques, furent domiciliés à Paderna..., continua Giuseppe en se passant la main dans les cheveux, ses cheveux toujours aussi noirs et brillants, bien ramenés sur le dessus du crâne, ... lorsque l'île fut vendue et que Luigi lui-même disparut. Alors tous ses documents, ses lettres, ses archives, sa correspondance et la correspondance d'Adélaïde furent rapatriés ici. Adélaïde et Luigi n'avaient pas eu d'enfants, leur neveu, le fils de Teodoro, hérita de leurs biens... Adélaïde vit donc ici désormais... auprès de moi.

Et Giuseppe parlait le plus sérieusement du monde.

— Où ?

— Là haut, sous les combles.

Il désigna les plus hautes fenêtres du bâtiment central : des petites ouvertures carrées percées au-dessus de la grande galerie, juste sous la corniche, et que l'on distinguait en se penchant, depuis le vestibule de l'aile d'habitation où nous venions de nous arrêter.

— Il y a là des malles et des malles, des dossiers, des papiers d'état-civil, je n'en finis pas de les trier... Vous verrez...

Et dans l'après-midi, nous vîmes en effet. Giuseppe se sentait en veine de confidences. Giuseppe n'attendait pas Lisa, n'espérait pas de coup de fil de Lisa. Où était-elle ? Chez ses amis de Sirmione à se tremper et à s'enduire de crème solaire ? Giuseppe, doucement, réinclinait vers son passé, rêveur, pensif. Quel beau couple, lui et Adélaïde, ils auraient pu former ! Giuseppe avec son nez droit et fin, un peu long peut-être, ses yeux verts d'eau, ses sourcils délicatement dessinés, et elle rieuse et grave, si décidée ! Mais voilà, il y avait cent cinquante ans d'écart entre eux deux, et la distance était difficile à combler, même au palazzo Pedrotti, même pour un amoureux fou que les siècles aveuglaient — il ne les voyait plus — au point qu'il lui arrivait de douter parfois de sa propre identité...

Les archives Pedrotti s'entassaient dans une série de pièces étroites séparées par des cloisons de bois. Le plafond était éventré et l'on devinait épisodiquement les charpentes du toit et le jour qui brûlait entre les tuiles. Il n'y avait aucun meuble mais par terre, en revanche, se déployait un véritable labyrinthe. Des boîtes s'empilaient les unes sur les autres, des cartons à chapeaux, des paniers d'osier, des malles-cabines, des livres dressés en pile, des liasses de correspondance, d'inévitables vieilles poupées et d'autres piles de livres encore. Des avenues, des impasses, des sentiers s'ouvraient, serpentaient, sinuaient dans ce paysage de catastrophe, monochrome, qui avait dû subir il y a longtemps des glissements de terrain, des avalanches, des temblements de terre, des bombardements, mais qui avait retrouvé, depuis, son éternité d'indifférence.

Giuseppe marchait devant nous, il se frayait un chemin, et une fois de plus nous le suivions, dociles et vigilants. Des nappes de poussière s'élevaient du sol, que hachaient les rayons de soleil qui avaient déjà perforé les volets vermoulus. Parfois Giuseppe soulevait un objet, une relique, le soupesait, le replaçait où il l'avait trouvé : un sabre de hussard, un nécessaire de toilette de campagne, une boîte en palissandre. Du doigt, il nous désigna en passant une gravure qui représentait une jeune femme très décolletée, mode Empire, qui posait un doigt devant sa bouche.

— Stefania Pedrotti, la sœur de Luigi, la belle-sœur d'Adélaïde en quelque sorte. A dix-sept ans, elle avait épousé un certain Gherardini, député de la République cisalpine. Stendhal fréquentait son salon, admirait ses beaux yeux verts. Mais elle, c'est Murat qu'elle aimait et dont elle fit son amant. Un autre scandale dans la famille !

Giuseppe plongea vers un coin de la pièce, il revint vers nous, une liasse de lettres à la main : des lettres de Murat à Stefania Pedrotti, des lettres saturées de fautes d'orthographe et de protestations d'amour éternel, des lettres de soudard, de bravache inculte — et il y avait même une lettre, dans le lot, adressée à la comtesse Pedrotti, la mère de Stefania, où Murat, ce sombre mufle, se plaignait de la froideur de sa maîtresse à son égard !

Giuseppe s'amusait de notre étonnement, il s'était assis

sur une malle, la poussière retombait à ses pieds, Henriette dévorait les lettres après moi.

— Stefania était folle de Murat. Elle quitta mari et enfants pour venir le rejoindre à Paris, en 1804 je crois. Napoléon était furieux. Gherardini était député, l'empereur ne voulait pas d'incidents.

— Et du côté Pedrotti ?

— Oh rien ! le silence. On ne parle pas de ces choses-là.

Non, on ne parlait pas de ces choses-là dans la famille Pedrotti. Les parents de Giuseppe avaient-ils soupçonné même l'existence de cette liaison ? Giuseppe avait découvert la correspondance de Murat il y a quelques mois, et il s'en amusait. Les interdits moraux, les hontes, les silences, le poids écrasant de la religion, la hantise de tenir et de justifier son rang, tout cela pesait moins lourd désormais. Giuseppe vivait seul, ses parents étaient morts il y a plus de vingt ans, lui-même avait découragé par son célibat les jeunes filles convenables et pâles de la noblesse lombarde, il ne se sentait plus tenu de protéger qui que ce soit, quoi que ce soit. Au-delà des conformismes finalement assez bourgeois de ses pères, il retrouvait, par la pensée du moins, un peu de la liberté morale de ses grands-pères. Les frasques de Mme Gherardini l'enchantaient, d'autant qu'elle avait des yeux verts et que Stendhal l'admirait. Avait-il besoin de chercher ailleurs d'autres absolutions ?

Giuseppe se releva et passa dans une deuxième pièce, Adélaïde nous voilà ! et nous étions là aussi, toujours sur ses talons. C'était une pièce plus sombre, plus poussiéreuse encore, presque inquiétante, où se décomposait un canapé de velours rouge grenat. A côté du canapé, une caisse de bois, et déjà, brassant les documents dans cette pièce, Giuseppe, et la poussière montait, lourde et dense comme un brouillard du matin autour de lui, il disparaissait, il devenait fantôme, magicien, une ombre. Henriette s'était reculée jusqu'au seuil d'une troisième pièce, elle redoutait la poussière, l'allergie, le mal de gorge, elle qui déjà ne pouvait plus parler ! Giuseppe parfois se relevait, il brandissait un dossier, une liasse, il jonglait avec le passé, il le faisait surgir du bout de ses doigts, et la poussière continuait de le draper et il n'éternuait pas. Puis il replongeait, il se redressait encore, grognait, il était là chez lui, au cœur du palazzo, non, il ne sentait pas la poussière, il ne la respirait pas, elle ne le touchait pas, car la poussière signale la fuite des ans, elle sédimente le temps perdu, tire un voile, un écran entre les générations et leurs reliques, alors que Giuseppe, lui, se jugeait contemporain de ce qui s'entreposait ici, dans le désordre des généalogies : les lettres de Murat comme si elles lui avaient été adressées, les actes de propriété par lesquels Luigi Pedrotti avait acquis l'isola di Garda en 1817, ses titres personnels... Non, la poussière ne faisait pas obstacle entre lui et les archives du grenier, mais elle faisait obstacle entre lui et nous ! J'attendais avec impatience de voir Giuseppe percer le brouillard, revenir jusqu'à moi, jusqu'au temps présent — et je l'enviais durant cette attente d'une telle intimité avec cette terre promise. Il me criait : une aria de Donizetti dédiée « alla buona Adélaïde », ou bien : les lettres d'Ugo Foscolo ! Une main émergeait alors des nappes de poussière, brandissait les documents en question, mais c'était tout. Je l'enviais, j'étais celui qui était resté à la porte, tandis que lui, il avait eu le courage de monter, il voyait Adélaïde, il aimait Adélaïde peut-être, et tout à l'heure il redescendrait, il me raconterait tout à moi le timide — mais cela ne serait pas pareil, oh non, pas pareil...

Justement Giuseppe redescendait. Il tenait Adélaïde entre ses bras, ou ce qui restait d'Adélaïde, presque plus rien. J'aurais dû le suivre, plonger dans la poussière avec lui, il me tendit les fragments de son journal, l'aria de Donizetti, quelques coupures de presse, les lettres du poète Ugo Foscolo, les procès-verbaux de la police autrichienne au moment de l'arrestation de Luigi en juillet 1823, un discours de Luigi au Parlement subalpin où il avait été nommé le 29 février 1860 sénateur pour Hauts Mérites patriotiques — et c'est à peu près tout, et je pris ces documents avec respect, et joie aussi.

Mais je n'eus pas le temps de me recueillir. Un bruit sourd, brutal, suivi d'un ruissellement d'avalanche gronda depuis la troisième pièce. Henriette ! Que s'était-il passé ? L'écroulement d'une poutre, le plafond effondré, quoi ? Mais non, juste une pile de livres qui avait glissé, et Henriette terrorisée, éternuante, enfarinée, clignant des yeux et appelant au secours de son chuchotement rauque. Je soupirai. Henriette disposa un foulard devant sa bouche, je l'aidai à se redresser, à trois nous remîmes les livres les uns sur les autres... Attention !... Pourquoi Henriette ouvrit-elle alors un grand album de gravures qui avait constitué auparavant les fondations de la pile et qui s'intitulait : *Les Voyages du chevalier Chardin en Perse ?* Ce livre l'intrigua sans doute. Elle l'ouvrit donc, le feuilleta, déplia quelques gravures qui représentaient « la maison du Juif à Ispahan » ou « le caravansérail de Djaroum », et attention, oui, tout se passait encore à vitesse normale, Giuseppe prenait les livres les uns après les autres, machinalement, il ne savait pas, nous ne savions pas ce qui allait se passer, moi je pensais à Adélaïde, à sa vie qu'il faudrait bien que je me raconte un jour, Henriette admirait les gravures, le caravansérail de Djaroum avec sa foule bigarrée et ses chameaux, et Giuseppe, lui, ne pensait peut-être à rien, alors que tout allait dans un moment s'accélérer, la folie, la vie de Paderna bouleversée, Giuseppe hors de ses gonds, et rien n'était encore déclenché... Et voilà, une liasse de feuilles s'échappe soudain du volume et peut-être Henriette l'eût-elle remise dans l'album si une inscription portée à l'encre violette en travers de la première page ne l'avait intriguée. On lisait : « Dichiaro (e non senza rossore) essere questio un mio autografo del 1813 !!! A Venezia fu vergato, che tempi !!!! Aujourd'hui c'est autre chose. G. Rossini (Paris 22 nov.re 1867). » Henriette donna le document à Giuseppe qui le prit, le lut et traduisit à peu près : « Je déclare (et non sans rougir) qu'il s'agit d'un de mes autographes de 1813 !!! Il fut tracé à Venise, quelle époque !!!! Aujourd'hui c'est autre chose etc. » Puis il redevint silencieux, tournant et retournant ce manuscrit entre ses mains, huit pages de partition musicale...

— 1813, l'année de *Tancrède*, dit-il encore en parcourant les feuilles, les unes après les autres (et je les regardais moi aussi par-dessus son épaule : des portées hâtivement tirées, des notes jetées là comme des taches d'encre ou des montagnes russes, à peine déchiffrables, les parties réservées aux violons, altos, clarinettes, hautbois...) L'année de *Tancrède*, peut-être un fragment de l'opéra créé en effet à Venise ? Je ne comprends pas...

Giuseppe reprit l'album d'où s'étaient échappées les feuilles, il examina le nom de l'éditeur : Paris, de l'Imprimerie Le Normant, rue de Seine n⁰ 8 — 1811, et il répéta à mi-mot : oui, c'est possible, c'est possible, comme s'il n'en croyait pas encore ses yeux, ses rêves, son passé — et il ôta ses lunettes, les essuya avec méthode — et revint vers la partition. C'est possible, c'est possible... Henriette avait toujours son foulard qui lui barrait le visage, et moi emprunté, avec mon lot de documents relatifs à Adélaïde, entre les mains, drôle d'escorte que nous lui faisions, deux étrangers malhabiles, déguisés, dans un grenier qui multipliait les chausse-trapes, les crevasses, les risques d'éboulement, un grenier que l'on n'imaginait pas appartenir au même ensemble architectural que le reste du palazzo qui étourdissait avec ses arabesques polychromes... Il méditait, Giuseppe, se penchait sur l'écriture ronde et tremblée de Rossini, une écriture de vieillard (Rossini, en 1867, a soixante-quinze ans), « dichiaro e non senza rossore »... et plus rien, rien, rien ne comptait pour lui. Adieu Lisa du lac de Garde, adieu Paderna et la fête de l'Unità, adieu sa tante et ses amis ! « Dichiaro e non senza rossore », Giuseppe n'avait rien à déclarer, lui, il respirait fort, ses mains tremblaient un peu, il feuilletait les pages manuscrites, il ne rougissait pas, oh non, il ne rougissait pas plus qu'il ne bronzait, pâle Giuseppe, teint de cire, statue de cire ou chat de plomb, il parcourait les portées musicales, il s'emportait intérieurement, il courait d'une page à l'autre, il glissait sur ces montagnes russes, toboggans, tremplins, vertige, portées déportées, il serrait les dents... Où filait-il Giuseppe, à Paris en 1867 auprès d'un compositeur de soixante-quinze ans qui reconnaissait et authentifiait un manuscrit de sa jeunesse, ou à Venise en 1813, pour disputer à Luigi sa jeune maîtresse qui, à la Fenice, allait revêtir l'armure de Tancrède et témoigner d'un héroïsme aimable, admirable, adorable, ineffable, le bonheur fou du bel canto ?...

Il aurait pu rester des heures, des jours, Giuseppe, sous les combles de son palais, à laisser la poussière le couvrir, le draper, l'étreindre, un suaire, mais il ne s'attarda à la vérité que quelques minutes... Et sans raison apparente il bondit tel un automate dont les ressorts seraient tendus à craquer — et le déclic s'était produit, l'ordre de mise en route déclenché, pourquoi, par qui ? En longues enjambées, il revint sur ses pas, le regard fixe et tenant serré sur sa poitrine les partitions de Rossini, il descendit l'escalier en colimaçon qui reliait les combles aux appartements dits « vénitiens », et sans un coup d'œil pour ces appartements, pour les fauteuils, les divans et les lits rouge et or, pour les deux pastels de Josefina et Gallione Pedrotti signés par Rosalba Carriera, il fila devant ses ancêtres emperruqués et poudrés — et nous à sa poursuite, Henriette qui retirait son foulard, moi qui veillais sur les livres, les lettres, Adélaïde... Et maintenant l'escalier d'honneur, le rez-de-chaussée, la gardienne en noir qui ne comprenait rien, et l'enfilade des pièces du rez-de-chaussée. Giuseppe l'automate, le mutant, filait, filait, saccadé, il faisait peur, il se repliait, drapeau roulé sur sa hampe, vêtements collés au corps.

Près du téléphone, dans le grand salon, il y avait son carnet d'adresses. Giuseppe le compulsa avec fièvre, voilà, il y était ! Il composa son numéro et il le laissa sonner longtemps, très longtemps, personne ne répondit à l'autre bout de la ligne, il laissa sonner encore. Nous étions assis près de lui, sur le canapé, sans mot dire, je tenais sur mes genoux les lettres et les documents d'Adélaïde. Giuseppe gardait d'une main le combiné, de l'autre la partition musicale... Enfin il raccrocha, regarda autour de lui, s'aperçut de notre présence.

— C'est la Fondation Rossini de Pesaro, elle ne répond pas, dit-il.

Je regardai ma montre. Près de sept heures du soir.

— Je sais, il est tard, continua Giuseppe. Mais demain, demain sans faute, à la première heure...

Il tardait à reprendre sa respiration, une respiration encore lourde, sifflante, asthmatique. Il se passa la main dans les cheveux, de son geste familier, un tic. Peut-être nous sourit-il, mais c'était un sourire qui venait de si loin, qui avait tant d'années à franchir, tant de souvenirs inconnus de nous à transpercer, qu'il avait dû sûrement se perdre en route. Ce sourire n'avait plus rien à nous dire, la caricature d'un sourire, une grimace tout au plus.

Le temps tournait à l'orage. On entendit quelques gouttes de pluie qui s'écrasèrent sur les feuilles des marronniers et des tilleuls. La chouette blessée lança son cri. Metastasio aboya. Il y eut, affaiblis, deux coups de tonnerre et puis rien, sinon la chaleur moite toujours, un vent chaud qui tourbillonnait et la pluie qui n'avait même pas transpercé les grands arbres du parc. Le regret de la pluie.

5. *Contre les spectres et les brumes du Nord*

Le lendemain ressembla pour nous aux autres lendemains. Les spirales de pirètre achevaient de se consumer dans notre chambre, dégageant une fumée acre et végétale qui tenaient les moustiques à distance et se dissipaient autour du lustre comme un brouillard matinal. Un soleil blanc rongeait déjà les volets. Roulé en boule au pied du lit, Signor Bruschino grondait au moindre de nos mouvements, il ne voulait pas voir se rompre l'enchantement de son demi-sommeil. Nous étions économes de nos gestes, et de toute façon on ne réveille pas un chat qui dort. Vers neuf heures, Maddalena nous servait le petit déjeuner dans la salle à manger du premier étage attenante à notre chambre. L'argenterie s'entrechoquait sur le plateau en un léger carillon qui faisait office de réveil, du plus délicieux, discret et paresseux des réveils qui soient : une suggestion, non pas un ordre, une tentation, non pas une corvée... Et nous laissions le petit déjeuner refroidir. On n'a pas faim, les matins d'été, sous les plafonds en trompe-l'œil des palais italiens.

Lisa arriva vers midi et elle ne savait rien des événements de la veille. Elle s'avança à notre rencontre, en agitant un chapeau kaki à larges bords. Metastasio aboya furieusement, aucune importance ! Lisa s'était équipée, pantalon beige, veste saharienne de même couleur, lunettes noires qui lui masquaient la moitié du visage. Oubliée la gitane, Lisa l'exploratrice venait nous rejoindre sur la petite terrasse ombragée par les rosiers grimpants où nous prenions l'apéritif. Mais Giuseppe n'était pas là, Giuseppe téléphonait depuis dix heures du matin, il alertait les rossiniens des quatre coins du monde, leur racontait en long et en large sa découverte, le téléphone n'avait pas cessé de grésiller, et Lisa se servit un Martini-gin. Des guêpes tourbillonnaient autour de nos verres, Henriette les écartait d'un geste las, elle qui pensait à son extinction de voix bien plus qu'à une partition musicale composée à la va-vite, en 1813, par un maestro que tarabustait une prima donna qui avait les yeux noirs d'Adélaïde Belgioso. Lisa, elle, ne pensait à rien sinon à l'absence de Giuseppe qui l'irritait, elle nous demanda d'un ton pincé si Giuseppe savait qu'elle était là. Que lui répondre ? On miaula au-dessus de nos têtes, c'était Signor Bruschino qui émergeait enfin de sa grasse, très grasse matinée, et avait glissé son museau entre les barreaux du balcon de notre chambre. Il nous fixait d'un air comique, attentif et effaré en même temps, des oiseaux virevoltèrent autour de lui, et les mâchoires du chat en tremblaient d'énervement, les oiseaux s'enfuirent vers le petit bois et Signor Bruschino reprit sa place entre les barreaux pour contempler le spectacle du monde. Lisa Belgioso se servit un second Martini-gin. Je lui expliquai la découverte du manuscrit. Elle m'interrompit :

— Je suis sûre qu'il boude, je n'aurai jamais dû lui dire que son ossuaire n'était pas de très bon goût.

Elle observait une guêpe qui se noyait au fond de son verre, et elle jeta le Martini qui restait.

Une ombre se devina derrière les rideaux de macramé de la salle à manger : celle de Maddalena venue s'assurer que Giuseppe nous avait rejoints. Mais non, Giuseppe ne nous avait pas rejoints, et l'ombre de Maddalena disparut, et à la cuisine on allait encore tenir les plats au chaud.

— Et du reste, c'était vrai, ce n'était pas de très bon goût, ajouta Lisa.

On vit le jardinier revenir à pas lents vers une cahute, derrière le potager, où il entreposait ses outils et déjeunait. La chouette hulula, Metastasio grogna puis se tut. Henriette m'avait pris la main. Lisa examinait le fond de son verre, aucun souffle d'air n'animait les tilleuls, les tulipiers et les cèdres du petit bois. Le palazzo s'endormait, personne ne semblait plus l'habiter. Qui aurait pu survivre dans cette demeure brûlée par le soleil et l'acide de la mémoire ?

A une heure et quart enfin, Giuseppe le somnambule, le survivant, incertain dans sa démarche, clignant des yeux, se passant la main dans ses cheveux, Giuseppe au visage marbré (il se coupait parfois en se rasant, quand il pensait à autre chose, et Giuseppe ce matin-là pensait d'évidence à tout autre chose), Giuseppe le rossinien, l'amant rêveur d'Adélaïde, nous rejoignit enfin sur la terrasse. Non, il ne voulait pas d'apéritif, il ne voulait rien sinon parler, il ne voyait pas les guêpes, il ne voyait pas devant lui une belle exploratrice kaki, il s'assit dans un fauteuil de jardin, allongea ses jambes loin devant lui, sa tête bascula en arrière, il fixait le ciel, il fermait les yeux, il contemplait un point aveugle, un matin d'hiver de 1813, à Venise, et il nous raconta...

D'abord il avait téléphoné à Pesaro mais le directeur du Centre d'études rossiniennes passait ses vacances à Portofino. Il avait appelé Portofino, puis le président de la Fondation Rossini avait à son tour appelé Giuseppe, la boucle était bouclée — et Lisa réprima un bâillement. Ces titres virevoltaient autour d'elle comme les oiseaux tout à l'heure auprès de Signor Bruschino, insaisissables, étrangers, narquois, et elle préférait les ignorer avec superbe. Elle bâilla donc mais rien n'aurait pu tempérer l'exaltation de Giuseppe. Lisa l'exploratrice bâillait trop loin de lui.

Et, continuait Giuseppe, il s'agissait peut-être d'un miracle, oui, d'un miracle, tout simplement du finale tragique de *Tancrède,* cette deuxième version créée à Ferrare en 1813 et retirée aussitôt du répertoire car elle avait été sifflée à l'époque, et Rossini en était revenu à sa version initiale, la version de Venise créée deux mois plus tôt, le finale gai, le happy-end, Tancrède le preux chevalier sicilien victorieux des Infidèles et Aménaïde la belle abandonnée soupçonnée de trahison qui tombaient dans les bras l'un de l'autre...

Giuseppe parlait maintenant les yeux fermés, et des ombres passaient sur son visage, l'ombre rouge des roses, l'ombre grise des feuillages, des ombres d'exaltation et de contrariété. Il parlait vite, des mots saccadés, des images éclairs, il glissait sur ses mots, il glissait, il glissait et Adélaïde la bien-aimée, notre bien-aimée, était là tout au bout avec une partition musicale entre les mains, un autre finale pour le somptueux *Tancrède,* le premier opéra seria de Rossini, un opéra héroïque et gai, virtuose et sensuel, oui, sensuel plus que sentimental comme l'insouciance de la jeunesse. Giuseppe parlait, et les ombres qui glissaient sur son visage le lavaient de toutes ses rides, le rajeunissaient, le reposaient. Giuseppe devenait beau comme une statue de marbre avec son visage long et fin, adouci, égalisé par les jeux de lumière qui miroitaient au travers des rosiers grimpants.

Lisa ne comprenait rien et ne disait rien. Lisa l'exploratrice ne voulait pas explorer. Elle démissionnait. Après tout, il ne s'était rien passé entre elle et Giuseppe, ils en étaient encore à flirter, et encore, comment imaginer Giuseppe en train de flirter ! Il avait commencé à lui faire la cour, maladroitement, par sursauts, elle ne l'avait pas découragé — et l'on ne pouvait rien ajouter de plus. Sinon que c'est un vocabulaire de romans sentimentaux qui venait à l'esprit, de romans un peu datés, défraîchis, naïfs, avec leurs adjectifs prévisibles et savoureux, comme ceux qui s'entassaient dans la bibliothèque, autour du cheval de bois, Paul de Kock et consort, que l'on avait envie de parodier, dès que l'on évoquait Giuseppe et Lisa : Lisa la pulpeuse et Giuseppe son amant. Non, elle ne s'était pas encore donnée à lui, non, il ne l'avait pas possédée ; sa maîtresse, elle le deviendrait probablement plus tard ! Et Lisa laissait Giuseppe à ses chimères. Pourquoi le contrarier ? Elle lui redonnait quartier libre, elle attendrait son heure, à l'écart. Pour l'instant, elle allongeait les jambes, elle aussi, elle fermait les yeux, elle se moquait comme d'une guigne du finale tragique de *Tancrède* et de l'émoi des rossiniens, elle soupirait. Le parc tremblait de chaleur, l'ombre de Maddalena repassait derrière les rideaux : cette fois-ci, il était temps pour la cuisine de préparer les ravioli alla zucca ou le risotto. Un tracteur vrombissait très loin au fin fond de la plaine. Lisa avait le présent pour elle, son beau visage un peu rond, sa poitrine élastique, sa taille encore fine, son élégance très mode, son teint bronzé, ses lèvres charnues, retroussées et barrées d'un rouge luisant qui élargissait son visage d'un sourire lumineux, indulgent ; elle était maternelle, Lisa, et un jour ou l'autre, elle le pariait — mais gagnerait-elle ? —, Giuseppe déçu, amer, abandonné de ses fantômes, viendrait se réfugier auprès d'elle, et elle le consolerait et elle serait comtesse Pedrotti et elle régnerait sur son domaine.

C'est très simple, monologuait toujours Giuseppe, et il ne se lassait pas de reprendre l'histoire depuis le début, de s'assurer que nous avions bien compris : le 6 février 1813, *Tancrède* est accueilli favorablement par les Vénitiens... Mais ce n'est pas l'enthousiasme, malgré Adélaïde la superbe, malgré « di tanti palpiti », l'air à la mode, l'air que tout le monde chante et répète, qui fuse comme une traînée de poudre et fait le tour de l'Europe, d'une capitale à l'autre, plus vite encore que le récit des défaites de l'Empire... et alors Rossini s'interroge. Plus exactement, Luigi Pedrotti, le compagnon d'Adélaïde, le poète, le lettré, l'érudit, s'interroge et pire, il s'offusque de cette fin heureuse de *Tancrède* écrite par le librettiste Gaetano

Rossi. Cette fin n'est pas digne, assure-t-il, de la tragédie de Voltaire qui a inspiré l'opéra. Pourquoi ne pas renouer avec l'esprit de cette tragédie et faire mourir les deux amants ? Rossini hésite. Luigi remanie le poème et finalement Rossini se laisse convaincre et remanie aussi la partition. Le 20 mars 1813, à Ferrare, c'est donc un nouveau *Tancrède* qui est présenté et qui, cette fois-ci est conspué...

J'osais l'interrompre, lui demander pourquoi ce finale avait été conspué.

— Oui, bien sûr, pourquoi, murmura-t-il, tout étonné de trouver un interlocuteur, pourquoi, répéta-t-il pour se donner le temps de redescendre sur terre, auprès de nous, et il entrouvrit les yeux et replia ses jambes sous sa chaise... Ferrare est une ville rouge, une ville de brique, une ville de sang qui avait l'habitude, avec la famille d'Este, de vivre dans l'intimité du tragique, on s'y massacrait pour un oui ou pour un non, Ferrare aurait dû apprécier ce finale nouveau.

— Alors ?

— Alors, reprit-il en souriant du bon sourire de celui qui croit avoir enfin trouvé la bonne réponse, alors Ferrare avait cessé en 1813 d'être une ville tragique et voilà tout. Depuis deux siècles au moins, Ferrare s'était endormie sous la tutelle des États pontificaux, Ferrare s'était endormie et elle était morte, elle est toujours morte avec ses palais à l'abandon, ses jardins, son silence et ses rues désertes, une ville dont la mémoire seule est tragique. En 1813, le château des Este était devenu touristique, et les habitants de Ferrare ne voulaient surtout pas être réveillés, ils préféraient chasser Tancrède...

De nouveau Giuseppe fermait les yeux, dépliait ses jambes et parlait pour lui seul. Il rejoignait Rossini, un Rossini d'une humeur de chien, coléreux, qui plantait là Adélaïde, Luigi, la partition remaniée, qui détestait les fiascos et vite voulait tourner la page, tourner les têtes, tourner bride, tourner, tourner, tourner, donner le tournis mais surtout pas tourner en rond. Le finale tragique restait donc en possession d'Adélaïde, et c'est peut-être lui, ce finale tragique introuvable depuis, sur lequel on venait de remettre la main...

Giuseppe n'attendait plus de réponse, il était trop enfoui dans son passé pour cela, et quand Maddalena fit un signe, il nous suivit à table parce qu'il n'avait pas l'habitude de faire autrement.

Maddalena servait et desservait sans hâte, et, entre chaque plat, elle retirait ses gants blancs qu'elle posait sur une desserte d'acajou. Le plancher grinçait. Les mouches volaient bas et nous piquaient aux mains et aux chevilles. Lisa découpait sa viande en fines lanières mais ne mangeait guère. Henriette se raclait la gorge et buvait de l'eau tiède. Je comptais et je recomptais les plats de porcelaine qui décoraient le mur, devant moi. La tante Carlotta soupirait. Nous, les proches de Giuseppe, nous avions peur pour lui. Et cette peur nous paralysait. Que se passerait-il s'il craquait ? S'il brisait une fois pour toutes ses liens avec le présent ? Nous n'osions parler de choses frivoles, le remède serait peut-être pire que le mal, loin de l'amadouer, nos paroles pourraient l'effrayer, l'éloigner encore plus de nous — et il serait perdu sans recours. Surtout ne pas le brutaliser ! Ne pas briser l'enchantement ! Les somnambules sont des êtres de cristal, un geste, un cri, et ils se fendent en deux.

Même Lisa avait compris, elle remuait à peine et ses bracelets ne cliquetaient plus, ne rayaient plus le silence. Giuseppe dérivait paisiblement, mais il n'avait pas brisé toutes ses amarres. Il se passait la main dans les cheveux, il souriait, il dodelinait de la tête, non Venise en 1813 ne l'avait pas complètement emprisonné, Adélaïde Belgioso lui laissait encore quelques libertés ! Il pensait à nous glisser le compotier de fruits, des figues, des poires, des abricots, et une jatte de grosses mûres noires et luisantes, et il repartait en longs monologues... Et c'est précisément ces monologues qui allaient le ramener à la réalité, notre réalité, doucement, au fil de ses pensées — et c'était bien ainsi, cela ne pouvait se passer qu'ainsi, mais notre impuissance, tout de même, était terrible.

— Bruno Lineta, le président de la Fondation Rossini, m'a parlé d'un Américain qui réside à Houston et qui est le grand spécialiste mondial de Rossini. Il va s'efforcer de le joindre. Et cet Américain est paraît-il capable de prendre l'avion aussitôt, de traverser l'Atlantique et de venir.

Il rit. L'idée de traverser l'Atlantique pour contrôler un manuscrit, lui qu'effrayait le moindre voyage à plus de trente kilomètres du palazzo !

— Mais dire qu'il faut toujours un Américain pour faire la loi dans n'importe quel domaine, même l'opéra, même Rossini !

Giuseppe passait sans transition de la gaieté à l'irritation, de la mélancolie à l'espoir. Il scintillait. Sa légèreté contrastait avec notre torpeur. Il ferma les yeux, il imaginait maintenant avec terreur l'intrusion d'un Américain inconnu dans l'espace préservé de sa culture et de ses ancêtres.

Les jours se succédèrent. Henriette ne pouvait articuler un mot. Elle s'affolait. Jamais elle ne retrouverait sa voix, pensait-elle, et elle croyait sentir sous son cou comme une boule, une tumeur. D'heure en heure, elle palpait l'imaginaire (ou non) progrès de son mal, ce mal qu'elle ne voulait superstitieusement pas nommer.

Le mercredi, Giuseppe appela Augusto Allegri à l'hôpital de Salò. Celui-ci obtint aussitôt pour Henriette un rendez-vous au service d'oto-rhino-laryngologie le samedi après-midi. Désormais, il suffisait d'attendre. A l'angoisse du verdict s'ajoutait simplement pour Henriette l'angoisse du compte à rebours.

Souvent, en fin d'après-midi, j'emmenais Henriette se promener autour du parc. Nous longions le potager, les chemins bordés de citronniers et d'orangers dans des bacs de bois. Un peu plus loin, des orties envahissaient un vieux court de tennis. Nous revenions par le jardin à la française, avec ses allées soigneusement ratissées, ses pelouses tondues à ras qui exsudaient des odeurs d'herbe coupée, et ses massifs de fusains taillés en obélisques, en pyramides ou en demi-sphères. Le palazzo rosissait, et les ombres des statues de la grille s'allongeaient jusque sous le portique. Tout exprimait ici une élégance aimable, une beauté affranchie de la pesanteur. Ce palazzo devenait celui d'Almaviva, un décor du *Barbier* ou de *la Pietra del Paragone,* une demeure pour opéra bouffe, et du balcon allait glisser bientôt une échelle de soie pour des rendez-vous de minuit entre Adélaïde Belgioso et le comte Pedrotti, ou encore pour Cendrillon qui y aimerait un Turc en Italie, pourquoi pas ? Quiproquos, extravagantes équivoques, heureux stratagèmes, mariages impossibles, tout pouvait virtuellement se nouer, se jouer derrière ces façades pastel, si tendres, qui chantaient elles aussi, au crépuscule, la douceur de vivre. Pour être heureux ici, il fallait porter des noms de comédie, comme Bianca et Faliero ou Rosine et Figaro... Mais nous ne portions pas des noms de comédie et nous avions peur. Henriette ouvrait grand les yeux — ses yeux déjà immenses très écartés au-dessus de pommettes qui lui donnaient une physionomie orientale — et elle ne se laissait pas distraire. Je cherchais pourtant des prétextes, je lui parlais du doberman, de la chouette blessée, du finale de *Tancrède,* de la vie d'Adélaïde que je recomposais avec patience grâce à mes lecture et aux confidences de Giuseppe, mais elle répondait par monosyllabes. Elle aimait s'asseoir sur les bords de la pièce d'eau envahie par les nénuphars, au bout de l'allée centrale, elle ne bougeait plus, ne parlait plus, chuuutt, et elle guettait les bonds des grenouilles, cet éclair de couleur verte qui paraphait leur existence, et puis un infime clapotis et puis plus rien. Elle se plaisait près de ce monde glauque et frissonnant de la pièce d'eau. Les grenouilles, je ne les voyais pas, je regardais toujours trop tard.

J'étais distrait à vrai dire, je pensais à Henriette. Devais-je ou non m'inquiéter ? Je pensais aussi à Adélaïde, sa rivale, qui s'échappait de son cadre, qui prenait peu à peu vie, gagnait en humour, en amour, en tendresse. Elle n'avait jamais vécu au palazzo, tant pis ! Je l'attirais au palazzo, je surprenais ses pas et ses soupirs, alors qu'elle glissait le long des allées, revenait des écuries, contournait les bassins... tandis qu'Henriette s'enfonçait dans sa peur. La musique de Rossini ruisselait par les jets d'eau du parc. Adélaïde se cachait derrière les statues de Diane et d'Endymion... Rêveries doucement érotiques de cet été 1976... Giuseppe semblait préférer Lisa à Adélaïde, et moi je retrouvais le grain de sa peau blanche, je restais fidèle à la cantatrice, et quand elle s'arrêtait de chanter, elle respirait plus fort, je voyais même les gouttes de sueur qui perlaient sur sa poitrine, elle souriait, attendait des compliments, des applaudissements, mais il ne fallait pas trop l'approcher. Juste une promesse d'amour, une complicité à venir, sinon il n'y avait plus rien, Adélaïde redevenait une ombre...

Le jeudi, la tante Carlotta nous apprit que la chouette avait disparu, le jardinier l'avait cherchée en vain, disparue, envolée, guérie peut-être — et je manifestais ma joie. Oh ! toi, tu te rassures si vite, répondit Henriette d'un souffle, guérie, pourquoi pas morte ? Et elle monta seule dans notre chambre retrouver Signor Bruschino, se confier à Signor Bruschino, et notre vieux chat bourgeois l'écouterait sans impatience et se mettrait peut-être à ronronner, car il n'aimait pas rester trop longtemps seul.

Un peu plus tard dans la soirée, Giuseppe reçut un appel du président de la Fondation Rossini. Lui, le directeur du Centre d'études rossiniennes, et surtout Edmund Green, l'Américain de Houston, l'expert rossinien, le spécialiste du *Barbier* et de *Tancrède*, le virtuose des opéras bouffes, le connaisseur des moindres manuscrits et manifestes du maestro, le fou en un mot qui prenait l'avion pour s'assurer de l'authenticité d'un manuscrit découvert à plusieurs milliers de kilomètres de chez lui, ils arriveraient le lendemain au palazzo... L'annonce de cette visite bouleversa Giuseppe ! Et si son manuscrit n'était qu'un faux ? Après tout, il se rappelait un vague cousin qui, dans sa villa du lac de Côme, contrefaisait des lettres d'amours scandaleuses entre son arrière-grand-père et une fille naturelle du tsar, cela à seule fin d'amuser, d'abuser les générations futures, brouiller les pistes, mentir, s'illusionner lui-même. Et si ce manuscrit n'était aussi qu'une illusion, une chatoyante illusion ? Giuseppe transpirait, sa chemise collait à son torse étroit, il essuyait ses lunettes, rabattait ses cheveux vers l'avant. Giuseppe devenait vieillard.

J'étais assis juste en face de lui ce soir-là. Nous étions restés tous les deux au salon. La comtesse Carlotta Amalfieri devait donner dans sa chambre des rendez-vous galants au vicomte de Bragelonne, au duc de Nevers ou à Scaramouche. Aucune chouette ne hululait plus dans le bois. Seuls les grillons raclaient le fond de l'air de leurs chuintements spasmodiques. Giuseppe n'avait plus rien de l'aristocrate fringant venu enlever à la sortie de la Fenice une prima donna qui avait tenu en extase, par la beauté acrobatique et sensuelle de sa voix, des centaines de Vénitiens si prompts à s'enflammer. Adieu les cantilènes, les cavatines, les ariettas, les barcarolles, les cabalettes, adieu les masques, les pies voleuses et les dames du lac, les chefs de guerre aux voix de contralto et les Italiennes qui ensorcelaient le bey d'Alger, adieu les reflets d'argent des canaux, les rendez-vous furtifs — ce bonheur attendu et théâtral de la fête ! Giuseppe se décomposait, un autre passé le sollicitait, un passé fait de regrets, de souvenirs patiemment remâchés, de meubles sombres et surchargés dans le style Napoléon III, de peur de la mort, de vie inutile. Pour échapper à l'Américain Edmund Green et à la terrorisante visite du lendemain, Giuseppe retournait à Rossini, il retournait à ses chimères, mais c'était des chimères vieillissantes, bedonnantes et mélancoliques.

Il me raconta la rencontre de Wagner et de Rossini — du vieux Rossini qui avait fait succéder quarante années de silence à la composition de quarante opéras, qui se repliait frileusement, l'hiver, dans son appartement de la rue de la Chaussée d'Antin, veillé par sa femme, une demi-mondaine frappée par le retour d'âge et qui jouait auprès de lui, avec une très louable conviction, son rôle de cuisinière et de garde-malade...

— Et l'histoire de cette dame anglaise de la meilleure société, ajouta-t-il sans transition. Elle s'était approchée de Rossini en minaudant : « Comment dois-je vous appeler ? Grand maître, prince des compositeurs ou divin génie ? » Et Rossini lui avait répondu en murmurant : « J'aimerais mieux que vous m'appeliez mon petit lapin. »

Giuseppe ne me laissa pas le temps de rire, il s'étranglait maintenant, l'idée que l'on puisse appeler quelqu'un, lui par exemple, mon petit lapin ! Il partit d'un rire de gorge qui le secoua des pieds à la tête. Des ondes spasmodiques traversaient son grand corps maigre, l'ébranlaient. Il lui fallut de longues minutes pour retrouver son calme. Son rire était aussi inquiétant que sa tristesse.

Les heures passèrent. Je n'osais quitter Giuseppe. De gros papillons de nuit tournoyaient autour des lampes ou se posaient, taches brunes, sur les murs du salon. Un peu de fraîcheur remontait du dallage de marbre... Et Giuseppe continuait d'évoquer le vieux Rossini, à voix de plus en plus basse. Il s'étonnait de cette faculté qu'avait eue le musicien de survivre à sa gloire, à ses rivaux, à ses interprètes, à ses biographes, à ses imitateurs.

— Ceux qu'il aimait étaient morts. Adélaïde en 1832 et Bellini qu'il avait tant aidé peu après, c'est lui qui organisa même à Paris ses funérailles, et Maria Malibran, la Malibran, si jeune, et Stendhal, et Isabella Colbran, sa première femme, et Donizetti ! Horrible, cette fin de Donizetti ! la folie, les douleurs atroces, Donizetti agonise après avoir composé plus d'une centaine d'opéras, épuisé ! et Giuditta Pasta, la grande Pasta, le sublime de l'art du chant comme disait Stendhal, qui meurt dans sa résidence du lac de Côme !

Giuseppe se tut un moment, je le sentais bouleversé. Au fond, Rossini devenait peu à peu pour lui un *prête-nom*, il me parlait de lui-même en s'abritant derrière le musicien, et sa pudeur y trouvait son compte. A l'oisiveté de Rossini répondait la sienne, à la retraite de Paris, l'exil de Paderna. Ils vivaient tous les deux au milieu des morts, ils n'avaient rien d'autre à faire qu'à authentifier des manuscrits composés depuis longtemps, par des étrangers. « Aujourd'hui, c'était autre chose. »

— Jusqu'à Fétis, ajouta-t-il enfin, qui ne l'a pas compris. Lui, Fétis, le vieil historien de la musique, qui avait rencontré plusieurs fois Rossini, à Bologne et à Paris, ne lui a jamais pardonné son silence, il l'attribua à un manque d'amour de la musique, à un manque de désintéressement. Quelle injustice ! C'est un devoir de déserter lorsqu'on ne se reconnaît plus dans le monde qui vous entoure. Un devoir, une exigence de dignité. Rossini aurait trahi en continuant à composer de la musique. Meyerbeer, cela suffisait ! Il aurait renié les œuvres de sa jeunesse, l'opéra bouffe, les derniers opéras serias, l'art du chant, le génie des enjolivements, la confusion des sexes, le mépris heureux de la psychologie, le soleil de Naples, le bel canto, les trilles et les appoggiatures, il aurait été forcé de se plier aux nouvelles modes, aux cris, aux spectres romantiques et aux brumes du nord. Il ne faut jamais plier devant les spectres romantiques et les brumes du nord !

Giuseppe parlait et il avait de la grandeur, mais quand il se leva, il dut prendre appui sur les accoudoirs de son fauteuil.

6. *La visite*

La voiture pénétra lentement sous la voûte, tourna sous le portique, la gardienne en noir la guidait à grands gestes des bras à la façon d'un employé d'aéroport qui indique au pilote d'un jet son aire exacte de stationnement. Elle n'était pas arrêtée que déjà l'Américain en jaillissait, sa serviette de cuir à la main. Dix heures du matin. L'Américain était un homme pressé, un homme d'affaires, un expert. Il portait des lunettes d'écaille vissées au-dessous d'un front large et sillonné de rides, un veston gris croisé à fines rayures, une cravate club. Un homme d'affaires, un expert s'habille toujours pareil, le matin comme le soir, l'hiver comme l'été, passe-partout et sans penser à rien, les heures et les saisons n'ont pas prise sur lui, un spécialiste ne songe qu'à sa spécialité... L'Américain avait aperçu Giuseppe à l'autre bout de la cour et il ne lui laissa pas le temps de venir à sa rencontre. Trois ou quatre enjambées, et déjà il lui serrait la main, alors que les deux Italiens qui l'accompagnaient, Bruno Lineta et Piero Tomasi, en étaient encore à refermer derrière eux les portes de leurs Alfasud. A l'ombre du petit bois, le doberman aboya et ses aboiements se répercutèrent comme une menace d'une aile à l'autre du palazzo, l'habitude, le doberman terrorisa les deux Italiens qui marquèrent un temps d'arrêt, regardant à droite et à gauche d'où venait le danger. Mais il n'y avait pas de danger, la gardienne en noir apaisa leurs craintes, et il poursuivirent leur marche. L'Américain de son côté n'avait même pas dû entendre le doberman, il s'était incliné avec raideur vers son hôte, maintenant il se retournait vers ses deux acolytes, pourquoi diable traînaient-ils si loin derrière lui ?

Henriette et moi, restés au salon, suivions le spectacle derrière l'écran des portes-fenêtres. Un spectacle, c'est cela. Du cinéma. Muet. Pas moyen de surprendre la moindre parole échangée, mais cela n'avait aucune importance ! Giuseppe, l'Américain et les deux Italiens savaient amplifier leurs gestes, ils ne redoutaient ni les mimiques les plus excessives ni les poses les plus outrancières. Des rois de la pantomime. Edmund Green, sourcils froncés, visage sévère, silhouette massive, cheveux grisonnants, bouillait d'impatience. Le manuscrit ! Le manuscrit ! Giuseppe, pris à la gorge, catastrophé d'une telle absence d'urbanité, se tournait de droite à gauche, tardait à retrouver son calme et son souffle. Un peu à l'écart, le directeur du Centre d'études rossiniennes et le président de la Fondation Rossini, bien ajustés dans leurs complets de tergal bleu clair et beige, maintenaient leur attitude obséquieuse. Ils jouaient le chœur antique, ils commentaient l'action, le palazzo les intimidait, l'Américain aussi, ils étaient déchirés, torturés entre des forces antagonistes, ils vivaient une situation tragique...

A un moment donné, Giuseppe se retourna et, d'un sublime déploiement du bras, offrit à l'admiration de ses visiteurs la belle façade sur cour de sa demeure, le balcon de fer forgé, les deux tourelles-miradors qui encadraient la partie centrale surélevée et donnaient à la résidence d'été des comtes Pedrotti sa grâce toute vénitienne. Sûrement Giuseppe cherchait-il à calmer la précipitation de ses visiteurs, il les enveloppait de son érudition, jetait sur eux un filet tissé de noms propres : Marco Antonio Turbino qui avait dressé les plans du palazzo, et Callegari, Mettoni et Vantini qui avaient réalisé les sculptures du parc, de la chapelle et des écuries, le vénitien Aione à qui l'on devait le carrelage de la galerie d'honneur, et Carlo Soldato, le chef de chantier en 1775... Mais ni Edmund Green ni les deux Italiens ne s'étaient laissés prendre. Et ce fut le plus beau gag, le plus cruel aussi. Giuseppe avait jeté son filet pour rien, une esquive du torse, les autres ne s'étaient pas retournés pour suivre ses explications, Giuseppe pérorait dans le vide et il s'en rendit compte bien tard, trop tard pour échapper au ridicule, il baissa les bras, se renfrogna, et sans un mot, les épaules basses, la démarche saccadée, il conduisit ses visiteurs vers le salon, vers nous.

Fin du premier acte et début du parlant.

Edmund Green nous serra la main, mais je ne pense même pas qu'il nous vit, Edmund Green ne voyait rien, le manuscrit, où était le manuscrit ? Il balaya la pièce du regard, non, pas de manuscrit, il resta droit, immobile, sa serviette à la main, il attendait. Giuseppe se rapprocha de lui, il tenta un dernier effort d'urbanité en désignant la miniature d'Adélaïde Belgioso, mais il n'eut pas le temps d'articuler un mot, d'avancer une explication.

— Je sais ! le coupa l'Américain qui continua d'attendre, lourd, corpulent, congestionné.

Et Giuseppe le filiforme, asphyxié, tournait autour de lui, cherchait la faille et n'en revenait pas de ne pas la trouver. Il s'obstinait pourtant...

— Le portrait a été gravé pour l'ouvrage d'Oscar Chilesoti sur Rossini paru à Rome en 1882, trancha l'Américain qui n'avait pas bougé d'un millimètre ; et pour lui la discussion était close.

Il y eut alors un moment de flottement, et c'est peu dire : en fait, Giuseppe ne flottait pas, il se noyait. Il se tourna vers Bruno Lineta et Piero Tomasi en les priant de s'asseoir. Maintenant l'Américain faisait les cent pas du piano à la table basse et Giuseppe le regardait aller et venir, un balancier, un métronome, une menace, et il ne savait plus à qui se fier. Pitoyable Giuseppe ! Les deux Italiens s'étaient assis docilement, un peu empruntés, mais l'Américain continuait de marcher et d'attendre, indifférent à la miniature d'Adélaïde au bonnet de dentelle, indifférent au salon et aux deux trumeaux de Magnasco au-dessus des portes, indifférent au palazzo et au parc, indifférent à la politesse du passé, indifférent à ce qui n'était pas son idée fixe, le manuscrit, où était le manuscrit ? Giuseppe frôlait l'apoplexie, l'Américain le terrorisait, il le regardait aller et venir, il n'osait pas le quitter des yeux. Le manège aurait pu durer très, très longtemps — mais finalement Giuseppe céda, il bafouilla des mots incompréhensibles, heurta un guéridon — et la photo de son père en officier de cavalerie superbement moustachu, cravache sous le bras, glissa, et je tendis le bras juste à temps pour l'empêcher de tomber — et il nous planta là tous les cinq, dans le grand salon, afin d'aller dans sa chambre quérir enfin la partition autographe du maestro Gioacchino Rossini...

Alors Edmund Green consentit à s'asseoir, et le silence retomba — un silence d'impatience, d'embarras, d'idée fixe, un bon gros silence inébranlable, obstiné, têtu, une masse compacte, gélatineuse, qui vous tombe dessus et dont on se dit qu'on ne pourra jamais s'en défaire.

A un moment donné, l'Américain déplia un mouchoir à carreaux rouges, grand comme une nappe, et il se moucha si fort que les vitres du salon résonnèrent et que Metastasio se mit au loin à aboyer. Mais l'Américain qui n'entendait rien se mit à replier son mouchoir avec autant de placidité et il le glissa dans une poche latérale de son veston. Plus rien ne comptait alors pour lui que ce grand mouchoir qu'il devait remettre dans ses plis.

Un peu plus tard, il reprit son mouchoir, il essuya ses lunettes et les revissa sur son nez — retrouvant cette allure massive et rusée de l'homme que rien ne peut venir distraire de ses idées fixes. Et sans crier gare, il se mit à chanter :

— *Di tanti pa-alpi-iti, di-i tante pene...*

Ce fut grotesque, bruyant, à peine croyable. Bruno Lineta et Piero Tomasi sursautèrent. Et Henriette la silencieuse s'arracha un instant en pensées à l'hôpital de Salò et aux tumeurs qui prolifèrent...

Green chantait, et il chantait à tue-tête, d'une voix graillonneuse, horriblement fausse, sans le moindre scrupule. Et sans plus de raison, il s'arrêta pile.

— Ça ne vous dit rien ? demanda-t-il à ses deux comparses.

Les deux Italiens hochèrent la tête en signe d'incertitude.

— Vraiment rien ?

Et il recommença :

— *Di tanti pa-alpi-iti, di-i tante pene*
Da te mi-io bene, spe-e-ero merce...

Puis se tournant vers eux :

— Toujours rien ?

— *Tancrède* bien sûr mais...

— Mais quoi ?

— Non, rien.

Green exultait de leur ignorance.

— Et maintenant, vous comprenez ?

Il entonna une mélodie allemande qui ressemblait d'assez loin à la précédente :

— *War nicht ein Schneider zur Hand...*

Toujours aussi faux et sans le moindre embarras.

Lineta et Tomasi regardaient à droite et à gauche, comme s'ils avaient peur qu'on les surprenne. Ils nous sourirent timidement, ils voulaient surtout dégager leur responsabilité.

De nouveau l'Américain se tut. Le doberman aussi.

— Vous avez compris, maintenant ? reprit-il après quelques minutes. L'entrée des tailleurs à l'acte III des *Maîtres chanteurs.* On savait la parodie rossinienne évidente, mais parodie de quoi, hein, de quoi ? On disait parodie rossinienne et c'est tout, trop facile tout de même ! Parodie du grand air de *Tancrède*, voilà, *Tancrède*, toujours *Tancrède !*

Il se mit à glousser.

Lineta et Tomasi avaient raison de regarder à droite et à gauche. Giuseppe déboucha parmi nous, un peu moins cramoisi, attiré par les éclats de voix de l'Américain qui avait retrouvé une parfaite inertie. Giuseppe tenait à la main le fameux manuscrit, son cher manuscrit, et tout de suite se dressa devant lui la silhouette imposante d'Edmund Green. Pensa-t-il une seconde faire demi-tour, s'enfuir et ne plus jamais montrer à personne sa découverte ? Ce qui est sûr, c'est qu'il prit peur. L'Américain l'écrasait, mais il avait franchi le point de non-retour. Alors, avec courage, avec une infinie lenteur, il tendit à Edmund Green le spécialiste les huit feuillets autographes, et celui-ci les prit sans même y jeter un coup d'œil.

— Où puis-je m'installer ? demanda-t-il.

Giuseppe désigna une table de bureau à moitié cachée derrière le piano.

Green hocha la tête.

— Non, où puis-je me retirer et travailler, seul ?

Et tout en parlant, il fit disparaître les huit pages au fond de sa serviette — une grosse serviette de ministre des affaires rossiniennes, une serviette de prestidigitateur aussi avec ses compartiments, ses doubles fonds, son gouffre noir, un puits, une oubliette — et le manuscrit cessa d'exister, et c'est comme si l'on avait privé Giuseppe de son plus beau jouet. Allait-il pleurer, trépigner, redevenir chat de plomb ? Pour l'instant, il ne pouvait même plus déglutir — et Henriette sourit de le voir ainsi retourné, comme un enfant trop crédule qu'un adulte s'amuse à abuser.

— Suivez-moi, dit-il à l'Américain d'une voix brisée.

Et de sa démarche mécanique, il l'entraîna dans les profondeurs du palazzo, vers une retraite sûre.

Jamais, nous confia-t-il plus tard, il ne s'était senti à ce point dépossédé. Il se souvenait pourtant des années de guerre et de la réquisition du palazzo par l'état-major allemand de l'armée de l'air, au moment de la République de Salò. Il avait dix ans, à dix ans on n'oublie rien. Ses parents et lui-même avaient été relégués dans trois petites pièces de l'aile opposée, et ils vécurent là cloîtrés plusieurs mois. Faute de pouvoir piloter des avions qui n'existaient pas, les officiers de la Luftwaffe donnaient fête sur fête dans les appartements d'apparat, sous les stucs et les fresques de Carloni. A leurs réceptions se bousculaient les derniers bourgeois fascistes de Brescia, qui n'avaient jamais eu d'autres occasions de franchir le seuil du palazzo. A dix ans, on n'oublie rien mais les émotions s'effacent. Giuseppe s'était habitué à entendre de loin les flonflons de l'orchestre et le rire des femmes, à voir briller très tard les lustres de la galerie d'honneur, tandis que les bombardiers américains pilonnaient la base de Ghedi, à moins de six kilomètres (il devait y avoir le couvre-feu, et les bombardements ne pouvaient dans le même temps souligner les éclats de la fête, reprenait-il, mais peu importe il voyait les choses comme cela), et ce remue-ménage l'indifférait. Passé la période d'indignation, il s'amusait même aujourd'hui à l'évocation de ces soirées-là. Non, cet exil de 1944 n'était pas comparable, tout bien pesé, à cette dépossession que lui infligeait l'Américain, le Spécialiste de Rossini, qui, lui, s'installait dans ce palazzo sans même prendre garde à sa beauté, exigeait le prêt des documents les plus précieux et ne voulait partager avec personne les émotions de leur découverte.

Combien de temps dura cette découverte ? Une demi-heure, une heure, peut-être plus. Les pendules du palazzo Pedrotti étaient toujours arrêtées.

A deux ou trois reprises, Metastasio se remit à aboyer. Je crus entendre aussi le hululement d'une chouette. Hallucination sans doute — ou peur. Notre chouette était guérie, et les chouettes dorment le jour. Disloqué au fond d'un fauteuil, Giuseppe soufflait comme une forge, et sa respiration rythmait notre attente.

Délivrés de la présence d'Edmund Green, les deux Italiens avancèrent quelques banalités sur la chaleur torride et la sécheresse qui désolait le nord de l'Italie cette année-là. Je les approuvais, partageais leur accablement. Et la conversation retomba.

On se serait cru dans l'antichambre d'une clinique d'accouchement. Même nervosité. Même impatience. On guettait le premier cri. Un fils ou une fille. Finale tragique ou non...

Le docteur Green parut enfin dans l'embrasure de la porte, son visage ne trahissait aucune expression, il tenait sa serviette noire d'une main, le manuscrit de l'autre. Ou bien il était un prodigieux comédien, ou alors il avait l'impassibilité des grands obsédés, de ceux que leur passion a dévorés de l'intérieur et qui se moquent d'afficher leurs sentiments.

Les deux Italiens retinrent leur respiration. Giuseppe se leva.

— Pas de doute, dit Edmund Green. C'est bien le finale tragique de *Tancrède.*

Soupirs de soulagement. Regards de triomphe.

Rideau.

7. *La ligne d'ombre*

A l'autre bout du hall, derrière une baie vitrée, il y avait des voiliers et des hors-bord piquetés sur l'eau trop bleue du lac comme des vignettes sur un dépliant touristique, et sans l'odeur lourde et grisante du formol et de l'éther, on se serait crus, Henriette et moi, au rez-de-chaussée d'un de ces vieux palaces fin de siècle au crépi rose, construits sur les bords des lacs italiens et qui donnaient l'illusion de s'ouvrir au parfum des îles Borromées! Derrière le guichet de la réception somnolait un vieil employé à la casquette galonnée d'or. Des voitures roulaient en douceur jusqu'au perron pour déposer leurs pensionnaires et puis repartaient se garer un peu plus loin à l'ombre des platanes. Il manquait simplement ici un portier vêtu de couleurs chamarrées... Bien sûr, on voyait beaucoup de vieillards qui s'arrêtaient de chuchoter pour nous regarder passer, on voyait aussi beaucoup d'infirmières avec leur blouse blanche frappée de la croix rouge, qui arpentaient le hall avec vivacité, mais ces vieillards et ces infirmières, nous les avions déjà rencontrés au Grand Hôtel de Stresa en 1973, semblables à des vignettes de dessin d'architecture ou mieux à des silhouettes charbonneuses prises dans le gel d'antiques et poussiéreuses cartes postales. Au lac Majeur succédait simplement le lac de Garde. Et du palace à l'hôpital, quelle différence? Les mêmes clients d'un autre siècle venaient bercer leur agonie dans un décor chromo qui s'écaillait avec leurs souvenirs.

Le service ORL était relégué sous les combles de l'hôpital de Salò, et il n'y avait pas d'ascenseur.

A mesure que nous montions, les malades nous paraissaient plus miséreux, les vieillards plus cacochymes, les murs plus sales, les couloirs plus exigus et les escaliers plus tirebouchonnés. D'un étage à l'autre, le palace se transformait en pension de famille ordinaire, en hôtel défraîchi, en maison de rendez-vous coloniale. Au quatrième, on apercevait par une petite fenêtre l'extrémité orientale de l'isola di Garda, l'ancienne isola Pedrotti, le domaine d'Adélaïde Belgioso. Mais les carreaux de la petite fenêtre étaient si sales qu'une brume semblait nimber le lac, et on ne distinguait plus la forme des voiliers et des hors-bord.

Rien de plus triste qu'une maison de rendez-vous sans rendez-vous : il n'y avait personne dans la salle d'attente du service ORL, et le médecin nous reçut aussitôt. Il parlait peu le français, je parlais peu l'italien et Henriette ne parlait pas du tout. Tout se passa donc le mieux du monde et la consultation s'éternisa. Le médecin brancha son casque de spéléologue. Henriette, docilement, fit des Ôôôô et des Ââââ qui ressemblaient à des Iîîî. Avec une cuillère, le médecin lui appuya sur la langue pour mieux dégager une vue plongeante sur ses amygdales. Henriette eut des haut-le-cœur. La routine en somme, mais le médecin semblait perplexe et Henriette chavirée.

Loin du palazzo Pedrotti et de son cocon protecteur, loin des rêveries du passé et des craintes pour l'avenir, mais des craintes purement spéculatives, abstraites, il nous fallait réapprendre à vivre, à nous heurter à des décors bien réels, à nous cogner contre des parois et non plus contre des ombres... Le médecin s'agitait, il reposa sa cuillère sur une table roulante, peut-être n'avait-il jamais regardé de sa vie l'isola di Garda en face, par la fenêtre, et pourquoi l'aurait-il regardée ? Il n'aurait pas su y voir le fantôme, le regret d'une cantatrice qui interpréta le finale tragique et fugitif d'un opéra seria de Rossini, en 1813. Lui, ce médecin, il soignait, il soulageait des souffrances, il se colletait avec des otites et des catarrhes, voilà quelque chose de bien réel, de bien convulsif et qui ne mentait pas : atténuer des douleurs, examiner avec son casque de spéléologue des muqueuses nasales encombrées, des tympans congestionnés, des amygdales striées de points blancs, ah ! non, il ne rêvait pas, il alignait soigneusement devant lui ses petites spatules, cuillères, miroirs à longues tiges et autres pinces métalliques, il se raclait la gorge, il cherchait quelques mots de français et n'y parvenait toujours pas. Derrière lui, sur son bureau, il y avait un vase d'où s'élançait un bouquet de glaïeuls, ces grandes fleurs imbéciles et raides qui ne savent jamais où se mettre, il était là comme une grande bringue. Paralysie des cordes vocales, semblait-il dire, non, rien de grave, mais Henriette devrait passer des radios de la gorge et des bronches dès notre retour à Paris, inutile pourtant d'interrompre notre voyage, non, non. Il fit le tour de son bureau, se glissa entre le mur et le bouquet de glaïeuls et prescrivit un simple anti-inflammatoire de la gorge. Puis il nous raccompagna jusqu'à la porte de son cabinet.

On redescendit, et c'est comme si se réanimait, d'un étage à l'autre, le Grand Hôtel de Salò, avec ses pensionnaires plus pimpants, ses cloisons mieux ripolinées, son escalier plus majestueux. Au bas des marches, dans une moiteur tropicale s'épanouissaient de gigantesques massifs de kentias derrière lesquels des vieillards en costume de lin blanc épiaient, du fond de leurs fauteuils à roulettes, les allées et venues des autres clients et de leurs visiteurs. Au-delà de la baie vitrée du hall s'éternisaient sur l'eau les mêmes voiliers et les mêmes hors-bord précédés de leurs moustaches d'écume — mais comme ils étaient loin !

— Et voilà, ça devait bien arriver un jour, soupira Henriette, pourquoi pas mon tour, pourquoi pas moi ?

Elle marchait à pas lents et je lui tenais le bras. Elle regardait les vieillards du rez-de-chaussée avec une hargne désespérée, comme si elle les enviait d'avoir atteint cet âge, même dans un état aussi décrépit, aussi pitoyable, ces beaux vieillards gâteux et inutiles dans leurs petites voitures chromées, et elle était prête à pleurer... Que faire pour la ramener à elle, à moi ? Nous n'avions pas eu beaucoup le temps de nous occuper de nous, durant ces deux premières semaines au palazzo Pedrotti ; nous nous étions proprement laissé bercer, choyer, dorloter, endormir, engloutir, aucune décision à prendre, les horaires fixés une fois pour toutes, le palazzo Pedrotti était un monde d'enfance, nous y vivions du bonheur des irresponsables, heureux de ne pas agir, heureux de voir s'agiter autour de nous un peuple d'adultes, d'étrangers, d'ombres fantasques, et parfois nous tendions les bras et cherchions à les atteindre, Adélaïde Belgioso et Luigi Pedrotti et Giuseppe aussi et sa tante, des silhouettes de pur désir, insaisissables, dans un palais de contes de fées. Là-bas, Henriette n'existait pas, moi non plus, nous n'étions qu'un regard, notre émerveillement nous effaçait — et maintenant, sur le perron de l'hôpital de Salò, au bord du lac de Garde, à quarante kilomètres du village de Paderna, voilà que nous redevenions solides, adultes, libres de tourner à droite ou à gauche, de passer ou non des radios des bronches, d'avoir peur de la maladie et de la mort. Henriette était là, présente, si longue, si mince, avec son beau visage asiatique, triangulaire et ses cheveux noirs qui s'argentaient déjà par mèches et retombaient sur ses épaules, moi de mon côté un peu gauche, un peu trop gros à mon goût, embarrassé du chagrin d'Henriette qui me semblait excessif mais dont je ne savais comment la soulager...

S'il y avait eu danger, maladie grave, soupçon de maladie grave, on ne lui aurait tout de même pas prescrit un simple anti-inflammatoire. Mais les radios ? Pourquoi les radios ? Henriette triomphait avec son propre malheur :

pourquoi des radios si le médecin ne se méfiait pas de quelque chose ? Et qu'aurais-je dû lui répondre ? Les radios n'étaient pas urgentes, les radios étaient pour notre retour à Paris, et jamais un médecin n'aurait attendu si longtemps s'il avait vraiment discerné une trace, un symptôme, l'ombre d'un élément suspect... Mais étais-je bien convaincu le premier de la valeur et de la portée de mes arguments ?

Et nous n'en pouvions plus de ce vieil hôpital décati, mensonger, dont la porte grinçait misérablement. Fuir, longer le lac, nous retrouver seuls, Henriette à mon bras, et respirer librement, et avoir peur à la rigueur, mais comme des adultes qui réfléchissent !... Hélas ! il nous fallut tomber sur Augusto Allegri et comment jouer la surprise, c'est lui qui nous avait décroché le rendez-vous avec le médecin ORL, Augusto Allegri, généraliste à l'hôpital de Salò que nous connaissions à peine et qu'il fallut remercier de son obligeance. (Quand j'y repense, je suis sûr que lui n'était pas tombé sur nous par hasard, il devait nous guetter à la sortie, il savait l'heure du rendez-vous, il voulait nous parler, mais il joua très bien la bonne surprise.) Il se glissa entre nous deux et nous prit par le bras avec une familiarité déconcertante. Où voulions-nous aller ? Vers le parking ou vers le centre-ville ? Il piqua vers la via Garibaldi, et je lui racontai la consultation.

— Paralysie, cela ne veut rien dire, bougonna-t-il à la fin.

Il demanda à voir l'ordonnance.

— Ah ! ce farceur de Foppa ! et il éclata de rire.

Nous arrivions au corso di Riva, qui longe le lac. Des massifs de lauriers-roses jaillissaient des trottoirs, mais leurs fleurs étaient d'un rose éteint, asphyxié par l'oxyde de carbone des voitures, par la poussière de la ville aussi.

— Ne vous inquiétez pas, continua-t-il. Un bon médecin mais un farceur. Pas de problème !... J'irai le voir, nous parlerons d'Henriette. Pas de problème !

Augusto Allegri m'agaçait avec ses « pas de problème ». Je ne le supportais plus, je ne supportais rien maintenant, ni la chaleur qui n'en finissait pas, ni l'hôpital délabré et ses médecins farceurs, ni cette ville de Salò nichée au creux de collines vérolées par les résidences secondaires, et qui s'obstinait à jouer la coquette avec ses faux massifs de lauriers-roses, ses maisons de toutes les couleurs, son lac de carton-pâte, ses boutiques de chaussures et ses maroquiniers en pagaille, histoire d'attirer les Allemands — une manie depuis la guerre ! Augusto Allegri parlait, et de nouveau nous cessions d'exister, nous retournions en enfance, pris en charge, bercés, choyés, il nous installait à la terrasse d'un café, au bord de l'eau, et nous n'avions peut-être pas soif, après tout !

Je fermai les yeux et je les rouvris, et il y avait toujours ces voiliers qui flottaient, flasques et mous, sur la lame d'acier du lac — un lac qui venait battre en minuscules clapotis tout contre notre table, et qui puait l'essence et le goudron.

Henriette commanda un thé-citron, mais elle n'en but pas une gorgée, le thé l'énervait, l'empêchait de dormir, ce qui était connu d'elle depuis longtemps. Je demandai une bière et Augusto Allegri réclama un Coca-cola, mais il parlait bien trop pour songer à boire et il parlait bien trop pour songer aussi à nous...

Drôle de bonhomme qu'Augusto Allegri, avec ses cheveux noirs et frisés, ses sourcils broussailleux, son air bravache de petit coq italien dressé sur ses ergots, et pathétique par-dessus le marché, tiré à quatre épingles et monté sur ressorts. Lui, il s'en moquait bien, au fond, du palazzo Pedrotti et de la santé d'Henriette et de la qualité des diagnostics de son confrère oto-rhino, il parlait pour en venir à ses idées fixes, voilà pourquoi il nous avait guettés au pied de l'hôpital. Une parole libérée, c'est comme l'aiguille d'une boussole qui tout de suite repique vers le nord, droit devant, vers l'unique pôle de ses obsessions. Inutile de se faire trop d'illusions, il existe bien des conversations de salon, des efforts, des ronds de jambe, des ronds de paroles pour faire semblant de s'intéresser aux autres, mais les boussoles ne s'affolent pas ainsi longtemps, elles sont paresseuses les boussoles, question de patience, et alors, il n'y a plus de dialogues, il n'y a que des monologues, à chacun pour soi, à chacun son nord, son pôle, ses idées fixes, les groupes éclatent, il n'y a plus que des solitudes, des peurs qui s'enfuient dans tous les azimuts... Lui, Augusto Allegri, il avait peur de Lisa, peur de perdre Lisa qu'il ne voyait plus et qu'il aimait peut-être profondément (mais un petit coq italien n'avoue jamais une telle faiblesse) et alors il nous parlait et pointait tout droit vers Lisa, son pôle nord à lui, et il nous expliquait qu'il n'avait pas vu Lisa depuis longtemps, qu'il la retrouverait tout de même dimanche soir à dîner à Paderna (Giuseppe ne nous avait pas dit qu'il avait lancé une telle invitation), et il se demandait en riant, il se forçait beaucoup à rire, si elle était devenue déjà châtelaine du palazzo Pedrotti... Il ne s'interrompait pas beaucoup dans ses paroles, Augusto Allegri, juste quelques secondes, le temps de nous épier le temps nécessaire pour qu'on puisse l'interrompre et lui dire par exemple : « Oh non, pas du tout, Lisa n'est venue qu'une fois à Paderna, pourquoi châtelaine ? » Mais nous ne disions rien, car nous aussi nous pensions à autre chose, claquemurés vers nos propres lignes d'ombre, nos peurs. Non, comment aurions-nous pu vraiment croiser Augusto Allegri, le réconforter, nos territoires n'étaient pas les mêmes, nous nous dirigions à l'aide d'autres boussoles sur d'autres cartes de géographie ? Lui, il avait peur de perdre Lisa, sa géographie sentimentale, rien à dire. Henriette regardait refroidir son thé-citron qu'elle avait commandé Dieu sait pourquoi, pour mieux camper peut-être dans un paysage de catastrophe — tandis que les autres consommateurs du bord du lac, retraités, vacanciers, ressassaient au soleil leurs craintes ou leurs désirs qu'ils gardaient pour eux seuls.

Juste en face de nous, de l'autre côté du golfe, un cimetière s'étageait sur la colline, entre des rangées de cyprès, mais Henriette ne pouvait le voir, elle lui tournait le dos. Et à gauche, débouchant en vue du golfe comme un vaisseau de haute mer, l'isola, ah ! l'isola, Adélaïde, plein nord, juste en face de moi ! Oui, il faudrait bien un jour, très vite maintenant, que je fasse revivre Adélaïde, cette ombre, et que j'arrache Henriette à ses spectres de mort. Augusto Allegri avait cessé d'exister, perdu dans un brouillard, celui de ses propres paroles. Car telle est la condition pour devenir adultes, il faut se cloîtrer dans ses égoïsmes, moi le premier, moi qui voulais croire qu'Henriette ne souffrait de rien de grave — et je regardais de nouveau vers le large, vers Adélaïde...

Pauvre isola enlaidie par une horrible pièce montée architecturale, un gros gâteau dégoulinant de crème fouettée, de guirlandes de plâtre, et qu'un nouveau propriétaire, à la fin du siècle dernier, avait érigé sur les ruines du couvent des frères mineurs — le refuge d'Adélaïde et Luigi. Des chris-crafts tournaient autour d'elle, mais l'isola, l'ancienne, la vraie se dérobait à leur curiosité médiocre, et Adélaïde restait hors de portée, loin, très loin...

— Mes malades !

Le cri d'Augusto Allegri me secoua de ma torpeur. Je le vis qui regardait sa montre, sursautait, bondissait de sa chaise. Il nous laissa payer les consommations, il slaloma entre les tables et les parasols, et, au moment de disparaître, se retourna et nous lança :

— Je vais voir Foppa, pas de problème !

Encore !

Des vieilles dames en robes de soie qui frissonnaient sur leurs corps difformes et des vieux messieurs très cambrés attablés près de nous se retournèrent, mais nous ne méritions pas une attention prolongée, car ils reprirent leurs radotages ou leurs silences en dégustant des pêches Melba. Décidément, je n'aimais pas Salò. La ville sentait le fruit confit, le colorant artificiel, le sirop de groseille, le laurier-rose, la crème chantilly qui a tourné, la poussière et le formol. C'était trop.

8. *Le balancier*

Giuseppe avait recouvré ses esprits depuis le départ de l'Américain, Giuseppe était redevenu comte Pedrotti et il régnait sans peur et sans hâte sur son palazzo. Sa joie de posséder le finale de *Tancrède* — cette joie naïve, incrédule, renversante, du découvreur de trésor —, il l'avait comme intériorisée, il la gardait pour lui, il la choyait, il la berçait d'un demi-sourire, mais il ne voulait pas trop la manifester, cette joie, de peur qu'elle se décolore, se brise ou s'enfuie, on ne sait jamais.

Il parlait à la gardienne en noir quand nous pénétrâmes sous le porche, à notre retour de Salò. En face, au village, les électriciens et les charpentiers mettaient la dernière main aux préparatifs du grand bal de l'Unità. Des cabanons-buvettes avaient été dressés le long de la piste de danse. Des guirlandes écarlates ceinturaient les corniches des maisons. A l'entrée même du palazzo, appuyé contre une borne de pierre, un panonceau de carton barré d'une immense flèche désignait l'emplacement de la fête, de l'autre côté de la via dei Mille, devant la mairie. Ce panonceau, Giuseppe ne le voyait pas, du reste il lui tournait le dos maintenant, il avait quitté la gardienne en noir pour venir à notre rencontre, il ouvrait la portière de notre voiture pour aider Henriette à descendre — et le palazzo s'était refermé sur lui comme une paupière.

Giuseppe portait un costume de lin bleu pâle, une chemise blanche largement échancrée, Giuseppe était d'une élégance irréprochable et il dirigeait la conversation avec une aisance qui nous stupéfiait. Ah ! comme il aurait été simple d'avoir pour hôte un Giuseppe bien repérable, bien unidimensionnel, un caractère de comédie ! Mais tantôt il était absent, fébrile, saccadé, et tantôt d'une sérénité affable qui déroutait, qui apaisait. Inerte, chat de plomb, réfugié dans ses songes, il redevenait quelques minutes plus tard un conteur malicieux, chroniqueur féroce de la vie mondaine de Brescia. Ce soir-là, il n'avait plus peur, les coups de marteau du bal de l'Unità se donnaient bien trop loin de lui, de sa demeure, et il nous accompagnait sous le portique, Henriette et moi, avec une courtoisie et une distinction toute patricienne. Il n'y avait pas grand écart entre lui et son ancêtre peint par Rosalba Carriera : même visage étroit, mêmes sourcils fins, même douceur pastel du visage à peine ombré de bleu et qu'éclairait comme une lueur fragile un regard attentif et lointain, même indulgence enfin. Le portrait de Gallione Pedrotti régnait dans l'ombre des appartements vénitiens trop fugitivement aperçus l'autre jour, et tel qu'il était avec son beau costume et sa lenteur et sa placidité, Giuseppe, je le voyais fort bien régner lui aussi sur ces appartements vénitiens — et il n'aurait même pas été ridicule avec une perruque blonde et frisée comme celle de Gallione, il aurait sabré en marchant les pinceaux de soleil qui filtraient des volets en bois peint. Ces pièces basses de plafond, que l'on croyait mises à l'écart, à l'entresol du palazzo, et dont la grâce infiniment luxueuse communiquait un sentiment de claustrophobie, presque d'angoisse, se seraient tout à fait accordées à son tempérament, les reflets rouge et or des lits de repos, des tables basses et des chaises fragiles auraient donné à son visage un tremblement de beauté et de calme. Puis il se serait assis, et il aurait évoqué pour ses amis la soirée de la veille, au théâtre de la Fenice, en fond sonore Rossini, Rossini bien sûr, une musique gaie, la seule musique insouciante peut-être de l'histoire de la musique, des crescendi qui délicieusement vous tapaient sur les nerfs, les mille arabesques d'une invention mélodique qui jaillissait à la façon d'une source vive, des duettos enjôleurs, des arias qui parlaient d'amour, une promesse de sensualité et jamais de ruptures, juste des adieux — rapides — parce que les larmes brillent aussi comme des diamants et maquillent adorablement les visages, mais sans insister.

— Et je pense, disait-il, que le finale tragique va très vite être interprété, Edmund Green est reparti avec une photocopie, il a été formel, il va en parler à Leonard Bernstein tout d'abord. Et pourquoi pas Marilyn Horne ? Elle ferait un Tancrède sublime...

Cela faisait longtemps qu'il parlait et que je ne l'écoutais guère, et Henriette bien sûr était absente aussi depuis longtemps, mais sa voix si sereine, si étale, qui, dans son français irréprochable, gardait le soupçon d'une musicalité délicieuse, effleurant les accents toniques, sa voix m'apaisait, oui, me donnait un sentiment d'euphorie, de légèreté.

Des années et des années durant, Giuseppe avait dû subir les reproches muets de sa tante Carlotta ou l'ironie de ses rares amis qui désespéraient en le voyant s'enfouir dans la poussière de son passé, dans la recherche d'un temps qui n'était pas le sien, qu'il n'avait même pas perdu mais que d'autres avaient perdu à sa place, et voilà qu'il venait de découvrir le finale tragique, que son passé faisait en quelque sorte irruption dans l'actualité, et il se sentait justifié, lavé d'un vieil affront, il triomphait avec une placidité souveraine. Il se retrouvait à l'égal de ses ancêtres, proche de Luigi, proche de Gallione à la perruque frisée, un seigneur que ne pouvaient mettre en émoi les flonflons du bal de Paderna, les essais de haut-parleurs qui déversaient sur la cour intérieure du palazzo des dégueulis de saxophones et les pulsations sourdes de la contrebasse, comme un cœur qui défaille. Mais nous n'avions pas sa placidité, et Giuseppe comprit notre surprise.

— On dresse les mêmes tréteaux, les mêmes guirlandes, les mêmes buvettes pour le bal de la démocratie chrétienne, au début de septembre, fit-il. Et Alberto, notre aide-jardinier, est toujours préposé à la grande loterie.

— Avec les mêmes musiciens et les mêmes danseurs ?

— Les mêmes musiciens et les mêmes danseurs bien entendu, répliqua-t-il en souriant. Il n'y a que le maire et le curé qui se réservent chacun pour leur fête.

— On dirait du Don Camillo.

— Mais ce n'est pas très drôle.

— Don Camillo aussi, c'est lugubre.

— Ah non, je ne trouve pas, mais les deux fêtes de Paderna, symétriques, trop organisées, trop encadrées, elles sont simplement tristes. Tristes et inutiles.

— Personne ne s'amuse ?

— Si, peut-être, dans la soirée, tard, quand tout le monde a beaucoup bu. Mais même leur ivresse n'est jamais très gaie aux gens d'ici. La Lombardie n'est pas un pays gai, c'est une plaine noire et orageuse, une province tragique.

— Venise n'est pas loin.

— Non, non, une province tragique, l'un des champs de bataille de l'Europe...

Nous nous étions assis sur une borne de pierre, et derrière nous un triton sculpté déversait par sa gueule dans une conque marine un filet d'eau verdâtre. C'était l'heure délicieuse où la chaleur commençait enfin à relâcher son étreinte, où les pierres du palazzo prenaient une couleur de miel, où le soleil de plâtre des journées brumeuses et torrides dont aimait à parler Giono faisait place à un globe orangé, où les ombres s'allongeaient, théâtrales, où l'air redevenait transparent.

— Une province tragique, répéta Giuseppe.

Et tandis qu'il hochait la tête et se remettait à sourire

(ça y est, il repensait au finale de *Tancrède*!), Henriette se raclait la gorge, guettait les préparatifs de la fête, et elle se disait qu'elle était condamnée, enfermée au palazzo comme dans une maison de santé, c'est-à-dire une maison où l'on enferme la maladie à double tour, et que jamais elle ne pourrait retraverser la via dei Mille, et danser, et rire, et gagner à la loterie d'Alberto les gros lots de l'insouciance et des voix qui hurlent leur bonheur.

— Et elle n'est pas trop bruyante, cette fête de l'Unità juste en face ?

Je lui parlais du bruit je ne sais trop pourquoi, ou simplement parce que j'avais peur de lui poser de but en blanc la vraie question : avait-il peur des communistes, craignait-il de se voir déposséder de ses exorbitants privilèges, redoutait-il cette fête de Paderna ?

— Non, pourquoi ? fit-il ; et j'eus la certitude qu'il répondait là aux questions que je ne lui avais pas posées.

Sa faculté d'abstraction, d'isolement, était fabuleuse. Parfois il s'enfermait dans son grenier et il y restait comme dans un bunker, invulnérable, intouchable. Ou bien il rêvassait, et le tissu de ses rêves le protégeait, son visage changeait, s'éclairait, s'éteignait, ses rêves le balayaient à la façon de nuages, ils étaient palpables, ses rêves, et ils faisaient écran entre lui et le monde, et comment aurait-il pu avoir peur de la fête de l'Unità ? Ses rêves prenaient la forme du palazzo, ils s'appuyaient avec lui contre le pilastre où le triton expulsait son petit jet d'eau, ils ricochaient sur le crépi du mur d'en face, l'aile inhabitée si triste avec ses volets toujours clos fendillés par le soleil, ils butaient contre la grille, la cancellata aux deux statues marmoréennes noires maintenant et cerclées d'or dans le crépuscule, et de l'autre côté ils enveloppaient le bâtiment central, jaune et rose et tiède, au-delà duquel il n'y avait plus rien, ni bal de l'Unità, ni orchestre hurlant, ni même une grande ville encore plus loin à vol d'oiseau, Brescia, avec ses attentats, ses explosions et sa chaleur moite de l'été. Ses rêves enveloppaient le palazzo, ils étaient le palazzo, nous vivions à l'intérieur du rêve de Giuseppe. La preuve, je me laissais séduire par les premiers fantômes venus, ses fantômes à lui, je me laissais vaincre par la beauté d'une cantatrice oubliée et d'une voix qui s'était éteinte.

Pourtant, nous n'étions pas aussi protégés que Giuseppe. Henriette grelottait d'une peur silencieuse, à force de ne pouvoir parler, et les essais de haut-parleurs de la fête de l'Unità nous tombaient dessus et nous martelaient les tympans. Le palazzo, autrement dit, se perforait de part en part, il s'écroulait par pans entiers, les murs se lézardaient, les stucs rose et vert se décrochaient des plafonds, des marches manquaient au grand escalier d'honneur, des plaques d'humidité noircissaient les fresques du plafond, on ne retrouvait plus l'assiette dans laquelle avait déjeuné Napoléon, trop de matériaux manquaient pour ravaler cette demeure, en cimenter les interstices, en raviver les couleurs, l'insonoriser hors du monde — et les flonflons du bal de l'Unità nous frappaient de plein fouet, l'actualité ne pouvait perdre à nos yeux tous ses droits... Mais Giuseppe, lui, pourquoi aurait-il eu peur en effet ?

— Non, pourquoi ? répéta-t-il ; et il se leva.

L'orchestre répéta encore le samedi après-midi, et le soir fut inauguré le bal. Tard dans la nuit nous parvinrent les rumeurs peu assourdies des slows, des valses et des tangos. Comme cette fête était loin !

Le dimanche, la fête ne s'était pas rapprochée. Giuseppe passa une bonne partie de sa journée à regrouper les documents qu'il détenait et qui avaient trait à Adélaïde Belgioso, Gioacchino Rossini et sa famille. L'Américain lui avait demandé le maximum de précisions pour l'article qu'il préparait déjà — une longue étude historique et musicologique, un numéro spécial de la *Gazetta del Centro rossiniano di studi* consacré au finale tragique de *Tancrède.*

Lisa Belgioso arriva vers huit heures, elle s'était habillée en chinoise, vêtue d'un pantalon de soie noire, d'une tunique de soie brochée orange et noir avec un col officier. Ses cheveux tirés derrière la tête se nouaient en chignon, un trait de khôl allongeait ses yeux en amande — et sa sensualité demeurait très méditerranéenne. Augusto Allegri la suivit de quelques minutes. Nous étions rassemblés au jardin sans pouvoir nouer encore la moindre conversation, nous tâtonnions à la recherche les uns des autres, nos paroles brèves se croisaient, se perdaient — et c'est alors que l'orchestre, en face, se remit à jouer. Pour le deuxième soir de suite, le bal de l'Unità s'ouvrait au village par un paso doble qui dévalait les montagnes russes d'un air d'accordéon. Augusto Allegri tapa du pied en cadence, il agita son glaçon au fond de son verre comme pour souligner la section rythmique.

— Et si nous allions danser après le dîner ? lança-t-il à la blague.

Il plongea ensuite la tête, il n'osait affronter directement Giuseppe, il coula simplement un regard furtif à la belle Chinoise qui le battait froid, qui ne savait sur quel pied danser ni d'abord s'il était convenable de danser.

— Je ne crois pas, une faute de goût, fit Giuseppe au bout de quelques minutes, en s'exprimant d'une voix si grave, si résolue, si murmurée aussi que personne n'eut le cœur d'insister.

Une faute de goût, pas plus. Giuseppe vivait ce soir-là dans un monde assez simple, un monde qu'il croyait immobile, figé dans l'équilibre de ses forces antagonistes. La via dei Mille coupait Paderna en deux, voilà, et il y avait le côté du palazzo et le côté de la mairie, à chacun son camp, et Giuseppe considérait de son devoir de ne pas transgresser la frontière. Se rendre au bal de l'Unità aurait constitué une impolitesse, il n'aurait pas tenu son rang, mais Giuseppe trop naïf imaginait sans doute que la réciproque était vraie, que chacun avait bien à cœur de rester sur ses positions, les patriciens avec leurs revenus fonciers, leur érudition, leur mémoire, les ouvriers agricoles et les commerçants de Paderna avec leurs fins de mois difficiles, leurs préoccupations politiques et leur culture étriquée. Tout cela était juste et immuable, les tâches à jamais réparties d'un côté et de l'autre de la via dei Mille. Giuseppe imaginait en somme une éternelle guerre d'attente, non, il ne comprenait pas bien la mobilité de ses adversaires. Le côté de la mairie avait le temps avec lui, le temps c'est-à-dire la patience et l'espoir. Dans la guerre qui les oppose, les statues perdent toujours contre les vivants, et il n'y a pas d'autres explications à donner à ce qu'il est convenu d'appeler stupidement le sens de l'histoire.

Ce fut une soirée étrange, inquiète, que celle du dimanche soir à Paderna. Jamais nos paroles ne purent s'entremêler, elles étaient trop lourdes d'arrière-pensées ou de désirs pour ne pas retomber lourdement à nos pieds. A un moment, Augusto Allegri se tourna vers Henriette :

— J'ai vu Foppa tout à l'heure, lui dit-il. Pas de problème ! Il a parlé de paralysie des cordes vocales mais je parie qu'il n'a rien vu, rien vu du tout ! Mais pourquoi ne pas se débarrasser des radios tout de suite, et qu'on n'en parle plus ? Le radiographe de l'hôpital s'ennuie, il se croit en vacances, une jolie Française qui a perdu sa voix, cela lui fera une distraction. Demain après-midi par exemple, à quatre heures.

— Demain ? fit Henriette.

Mais déjà Augusto Allegri n'écoutait plus, il avait planté là Henriette et ses questions angoissées, il se rapprochait de Lisa, il surveillait Lisa, Lisa sur sa défensive qui elle-même épiait Giuseppe, se demandait où il était, quelle chimère il caressait. Elle craignait de le perdre, elle n'avait plus sa belle assurance, elle se recroquevillait sur elle-même — et seul Giuseppe s'épanouissait maintenant. Je l'ai déjà dit, la découverte du manuscrit, sa joie, son triomphe l'avaient comme apaisé et redéposé auprès de nous, un Giuseppe affable, prévenant, séducteur, qui redécouvrait Lisa et entreprenait de la séduire. Curieux couple tout de même que celui qu'ils formaient tous deux, la belle Chinoise qui vendait des livres pour enfants corso Zanardelli à Brescia et le patricien caméléon du palazzo Pedrotti, couple où il y en avait toujours un qui espérait et l'autre qui avait peur, l'un qui s'absentait et l'autre qui regrettait, couple encore incréé, promesse retardée — mais jusqu'à quand ?

Ce fut une soirée étrange, inquiète, assourdie par l'orchestre du bal de Paderna qui trouvait dans la cour intérieure du palazzo une intolérable caisse de résonance, et parfois le doberman hurlait à la mort, la musique le terrorisait. Une soirée qui voyait Augusto Allegri dériver lentement dans sa solitude, rien à faire, Lisa s'éloignait de lui ; Henriette s'enfermer dans sa peur du lendemain, des radios si précipitées, pourquoi, pourquoi, elle le savait, le pire est toujours sûr, et la musique lui tapait sur les nerfs ; Lisa reprendre un peu espoir, elle apprivoisait le grand salon du rez-de-chaussée, elle réapprenait à rire, à se redresser ; et moi à songer à Henriette et Adélaïde, et je ne savais plus trop où j'en étais, j'avais envie de me taire, surtout. Seul Giuseppe irradiait, il n'entendait rien de cet orchestre qui assiégeait le palazzo depuis des heures, de ces valses, tangos, rumbas qui venaient taper contre la façade, se répercuter aux quatre coins de la cour intérieure, ruisseler dans le jardin, cette musique de guerre, ces trompettes de Jéricho qui, un jour ou l'autre, finiraient bien par avoir raison de Giuseppe et de ses privilèges, mais lui, pour le moment, il était heureux, il s'accordait à Lisa et leurs rapports étaient encore à ce point inoffensifs (badinage deviné, sourires à peine un peu plus soutenus, regards qui insistaient, promesses d'autres complicités, et qui se terminaient par de petits rires de gêne) qu'ils ne pouvaient effaroucher sa timidité.

Vers minuit, Augusto Allegri et Lisa Belgioso prirent congé, chacun de son côté. Ils ne s'étaient pas dit deux mots de la soirée et la tension que l'on sentait entre eux avait pesé sur nous tous, sur Henriette et moi sûrement. Nous les avions raccompagnés jusque sous le portique, ils étaient montés en silence dans leur voiture, elle sa petite Fiat 500 blanche, lui une vieille 403 décapotable. Elle avait manœuvré la première, la gardienne en noir avait déverrouillé les lourdes portes cochères, elle ne dormait donc jamais, elle poussait avec une force insoupçonnée les battants des portes, elle veillait en gardienne tutélaire, sans âge, sans sommeil, sans visage, juste une silhouette noire et patiente, une ombre en lisière du domaine Pedrotti, puis elle avait refermé les portes derrière les deux voitures, mais nous avions eu le temps d'apercevoir un instant les guirlandes d'ampoules multicolores, l'estrade aveuglante et une foule en contre-jour massée sur la place du village. Le bal de l'Unità clignotait comme une étoile à des années-lumière du palazzo... et maintenant l'étoile s'était éteinte, les portes refermées, la gardienne avalée par sa loge, et nous n'avions plus qu'à revenir vers Giuseppe et le grand salon...

Il y eut alors une rémission instantanée, fugitive, quelques minutes de grâce et d'oubli. L'orchestre s'était arrêté de jouer au moment où Henriette et moi retraversions la cour à pas lents. La température était douce, l'air n'offrait aucune résistance, la lune se cachait derrière les grands arbres du parc et les ramures du cèdre semblaient une mousse grise et blonde détachée sur le ciel d'outre-mer. La chouette — notre chouette — poussa son hululement, et c'est comme si un mince et délicat vernis recouvrait avec cet appel la plaine lombarde. La lumière du salon irisait la pelouse, les statues de Diane et d'Endymion, de chaque côté de la cancellata, devenaient les garants de la perfection et de l'éternité de cet ordre-là. Il suffisait de les voir, de voir se détacher la courbe d'un bras, l'ondulation d'une hanche sous la lumière tendre et oblique qui venait du palazzo, pour se sentir rassuré. Un grand calme nous submergea alors, le bonheur peut-être. Nous eûmes la révélation soudaine de marcher sur l'arête coupante du présent, Salò n'existait plus, ni toutes nos peurs ridicules, on ne souffrait de rien, et l'on était saisi de joie, de *légèreté*. Nous nous faisions l'effet — je le dis à Henriette — de ces équilibristes qui, à bout de course, reposent un instant leur balancier — notre balancier à nous, si lourd, entre le passé et l'avenir, entre Giuseppe, son palazzo qui n'était qu'un rêve, Adélaïde, et de l'autre côté Salò, la maladie d'Henriette, la peur de la mort. On contempla le ciel, les masses claires des nuages, ces ombres lumineuses, et nous n'avions plus de fardeaux à traîner, ni peur, ni curiosité, ni sortilèges. Comment l'expliquer? Seuls demeuraient les statues qui tournaient dans la lumière, le vent qui se levait dans les grands arbres, l'irisation de la pelouse, et notre marche que nous cherchions à ralentir, à suspendre.

A part Signor Bruschino, je me demande qui dormit cette nuit-là au palazzo Pedrotti. L'orchestre joua jusqu'à trois heures. Un peu plus tard, je me relevai. De la lumière filtrait sous la porte de la tante Carlotta, et je crus entendre aussi des craquements du côté des appartements de Giuseppe.

Le clocher de Paderna sonnait les quarts d'heure, les heures qu'il répétait deux fois. Comment s'endormir entre des alertes si répétées?

Henriette s'était renfoncée dans sa peur, elle respirait

irrégulièrement — et sa respiration était ponctuée de soupirs. Parfois, je lui demandais : — Tu dors ? Elle ne répondait pas mais elle retenait un instant son souffle avant de geindre et de se retourner.

De nouveau, il faisait lourd, orageux. Le vent était retombé, les voilages des fenêtres pendaient, inertes. Mon oreiller s'imprégnait de sueur, et de demi-heure en demi-heure, je le retournai pour retrouver la fraîcheur illusoire du linge propre.

Les insomnies sont peut-être plus cruelles encore dans les chambres profondes comme celle que nous occupions. Trop de clartés indécises s'entrecroisaient sur les meubles, multipliaient les trous d'ombre, les énigmes. Impossible de se verrouiller dans l'attente du sommeil, impossible de le retenir, ce sommeil : notre chambre fuyait de toute part. Je distinguais le Bacchus assoupi sur une pendule de bronze, qui n'arrêtait pas de nous narguer, la lumière filtrée par les volets à persienne ridait le plafond comme un lac, le guéridon était-il toujours à sa place, et où se trouvaient les deux fauteuils crapauds ? Un rai de lumière tremblotait sur une gravure de Piranèse, mais de quelle source lumineuse provenait-il ?... Et Henriette continuait de soupirer, de basculer dans sa peur.

Seul Signor Bruschino dormait au pied du lit. Parfois il se retournait avec un bruit soyeux, émettait de brefs grognements de plaisir — le plaisir d'être à peine éveillé pour profiter de sa chance de se croire encore endormi — et il se rendormait pour de bon. A quoi rêvait-il ?

Je tâtonnai vers ma montre perchée tout en haut de la pile de mes livres de chevet (les livres et documents prêtés par Giuseppe et consacrés à Adélaïde) : presque quatre heures du matin.

— Qu'est-ce que tu fais ? me demanda Henriette de sa voix tremblée, absente.

Je ne répondis pas.

— Quelle heure est-il ? insista-t-elle.

— Quatre heures.
— Seulement ?
Elle se tourna une fois, deux fois.
— Tu penses à quoi ? ajouta-t-elle.
J'hésitai à répondre, je ne savais pas.
— A Adélaïde Belgioso, dis-je enfin.
Elle laissa échapper un petit cri de surprise et puis elle se tut. Je me désolidarisais d'elle, je la laissais tournoyer, plonger seule vers Salò, vers le gouffre de l'hôpital-palace, vers la maladie. En vérité, elle ne comprenait pas, j'avais répondu cela un peu par provocation, pour la sauver, pour me sauver moi aussi. C'était simple, l'image du balancier m'obsédait, nous étions trois dans la chambre : Henriette, Signor Bruschino et moi. Le chat représentait notre point d'équilibre, l'exacte immobilité du présent, il dormait, il rêvait à ce que doivent rêver les chats et qu'ils ne diront jamais. Henriette penchait de tout le poids de sa peur vers l'avenir, elle menaçait de nous déséquilibrer, de nous entraîner tous les deux dans son vertige, rien n'est plus contagieux que le vertige. Il me fallait donc peser de toutes mes forces vers le passé, vers Adélaïde, pour maintenir Henriette sur le fil, pour m'y maintenir aussi. Adélaïde équilibrait Salò.
— Je ne t'ai jamais raconté son histoire, lui dis-je.
— Ce n'est pas le moment.
— Pourquoi ?
Henriette soupira et se tourna vers moi.

9. *Histoire d'Adélaïde Belgioso*

Je lui parlais donc d'Adélaïde. Je lui parlais d'une *absente* dont il aurait fallu connaître la voix mais Adélaïde, elle aussi, était sans voix. Je parlais cette nuit-là à Henriette pour combler le silence qui nous oppressait entre deux carillons, pour infiltrer de force le passé dans le présent, redonner voix aux fantômes et qu'on n'en parle plus. Je parlais parce que j'étais le seul à parler — entre Adélaïde et Henriette — et que l'on parle toujours pour chasser sa peur et attraper des chimères...

Je lui demandais d'imaginer Vérone en 1785, l'année de la naissance d'Adélaïde. C'est une ville de province sous domination autrichienne. Il ne s'y passe rien. Il ne se passe jamais rien dans les villes de province. C'est pourquoi ce sont des villes de province. La famille d'Adélaïde est bourgeoise, honorable, aisée. Une vraie famille de province, insignifiante, à qui il n'arrive donc jamais rien non plus. Du moins avant que l'histoire ne commence... Adélaïde est une jeune fille à qui on apprend la musique et le chant parce que cela fait partie de son trousseau, de son éducation, de sa culture. Une vraie éducation de jeune fille comme il faut. Rien à dire. Elle est déjà très séduisante, Adélaïde, dès l'âge de quinze ans, de seize ans. Bien sûr on peut l'imaginer encore un peu boulotte, adolescente aux yeux inquiets et qui rit pour des bêtises, mais avec ses lèvres minces, son génie du chant et cette passion qui la brûle, elle bouleverse, Adélaïde, malgré sa voix qui n'a pas encore plongé vers ce registre grave, si sourdement dramatique...

Henriette soupira.

Très vite, ses professeurs, ses parents, ses amis se rendent compte qu'elle chante merveilleusement. Si bien qu'on la reçoit dans les salons les plus huppés de Vérone. Après le dîner, on passe dans la grande salle de musique. Adélaïde se met au clavecin. Elle a le bon goût de ne pas se faire trop prier. Elle interprète des arias de Pergolèse, de Cimarosa, de Paisiello. Sûrement de Paisiello. Celui-ci l'entendit alors et il lui prédit une grande carrière. Paisiello était un vieux Napolitain grincheux et suffisant, et il ne l'aurait pas complimentée si elle ne lui avait d'abord fait l'honneur d'interpréter sa propre musique. Donc elle chante. Et le plus étonnant, c'est que les conversations cessent. Elle chante et on l'écoute et on la complimente. Ce n'est pas si fréquent. Elle parvient à museler quelques minutes durant la frivolité de la vie provinciale véronaise sous domination autrichienne.

Henriette ne bougeait plus. M'écoutait-elle ? S'était-elle endormie ?

Je passai rapidement sur les années de jeunesse d'Adélaïde, les années de formation — cette ligne d'ombre audevant de laquelle, à partir de 1806, elle commence à se détacher comme une apparition. Elle a alors vingt et un ans, les Autrichiens n'occupent plus Vérone, et elle est radieusement belle...

L'effet de balancier commençait peut-être à jouer. Henriette se redressait. J'observai un silence. Le chat ronronna et son ronronnement envahit la chambre. Il se leva, tourna deux fois sur lui-même puis s'affala sur le couvre-lit que j'avais repoussé à mes pieds. Henriette roula en boule son oreiller. Ma voix la berçait peut-être.

Adélaïde se marie avec un Français qui s'appelle Lejoyeux. Que fait-il en Italie ce Français ? Est-il officier impérial, administrateur, diplomate, fonctionnaire, trafiquant ? Mystère. Quand on s'appelle Lejoyeux, quand on porte un nom si peu héroïque, on a plus de chance d'être affecté à l'intendance qu'à la cavalerie. En fait, c'est un ectoplasme qui n'a que le temps de faire deux enfants à sa femme et de disparaître. Les enfants aussi disparaissent. Ils ne font pas partie de l'histoire. Et Adélaïde va redevenir Adélaïde Belgioso. Bientôt on dira la Belgioso...

J'allumai ma lampe de chevet, prit le tome I de la *Biographie universelle des musiciens* de Fétis qui consacrait deux colonnes à La Belgioso. Et je lus à voix haute :

— « Des malheurs domestiques l'obligèrent tout à coup à chercher des ressources dans le talent qui n'avait été jusqu'alors pour elle qu'un amusement. Elle recommença ses études sous la direction de bons maîtres, et débuta au théâtre de Vérone en 1806. » Pas un mot de plus !

Puis je reposai le livre et éteignis vite la lumière à cause des moustiques.

Des malheurs domestiques, cela pouvait signifier la perte d'un héritage, des dettes de jeu de son mari, la banqueroute frauduleuse de ses affaires, une mésentente, une séparation entre eux. Des malheurs domestiques ! Fétis était bien pudique et ignorant pour faire choix d'une formulation aussi vague. Allez savoir ! Et fallait-il plaindre Adélaïde obligée de gagner sa vie ? Obligée de se produire à Vérone, sa ville, devant toutes les relations qui lui avaient fait fête quand elle chantait pour elles seules, et qui devaient la dédaigner maintenant qu'elle était une cantatrice, que son luxe devenait une nécessité, comme si elle monnayait son trousseau, mettait en gage sa culture ? Infortunée Adélaïde ! D'un autre côté, en passant des salons à la scène, elle échappait à l'étouffante bourgeoisie de province, aux ragots, aux cancans, aux dîners où l'on murmure toujours les mêmes platitudes et aux visages crispés d'une identique malveillance. Elle laissait derrière elle un monde poussiéreux, moribond, immobile, les vêpres interminables à l'église San Anastasia (à vous dégoûter de Pisanello pour la vie entière !). Elle se libérait de Vérone, d'un mari inutile et de deux enfants qui criaient trop fort pour qu'elle pût chanter. Une bénédiction que ses malheurs domestiques ! Chère Adélaïde...

D'abord de petits théâtres, des troupes médiocres, des contrats d'un bout à l'autre de l'Italie. Mais ça ne dure pas longtemps. Adélaïde apprend à devenir exigeante, capricieuse même. Il est difficile de la suivre d'une ville à l'autre. Une étape pourtant : Bergame, le 26 décembre 1808 très précisément. On donne ce soir-là une représentation de gala pour l'inauguration du nouveau théâtre que les nobles et les riches bourgeois de la ville ont fait édifier par souscription. Le drame lyrique a été commandé à un vieux de la vieille, un fabricant d'opéras à la chaîne, Stéfano Pavesi. Résultat : « Ippolita, regina delli Amazzoni », et la reine itinérante, la reine des Amazones, bien entendu, c'est Adélaïde. Une reine mais pas encore une star. Elle n'a chanté ni à la Fenice de Venise, ni à la Scala de Milan ni au San Carlo de Naples. Mais reine des Amazones à Bergame, ce n'est pas si mal. Surtout que dans la salle, il y a Son Altesse impériale et royale, Eugène Napoléon, vice-roi d'Italie, prince de Venise, archichancelier d'État de l'Empire français. Non, ce n'est pas si mal !...

Je m'arrêtai un instant de parler. Une idylle entre Eugène et Adélaïde, entre le vice-roi d'Italie et la reine des Amazones, pourquoi pas ? L'Italie était alors le territoire romanesque par excellence. Tout y semblait permis, tout y semblait possible au cours de ces années sans Autrichiens et sans censure (ou presque), qui voyaient les armées françaises apporter les idées nouvelles et remporter les tableaux anciens. Il suffisait de fermer les yeux...

Je crus entendre un bruit de tracteur au fin fond de la plaine. Je rouvris les yeux. Toujours la nuit. La nuit vraiment ? Une lumière blanche et tiède commençait peut-être à perforer les volets ? Si tôt ? Henriette s'était assoupie. Devais-je la réveiller ? De nouveau, je regardai ma montre.

Cinq heures. Non, il ne fait pas jour à cinq heures... Involontairement, je fis du bruit en reposant ma montre, et Henriette se réveilla.

— Tu crois qu'ils me diront la vérité pour les radios ?

— Évidemment !

Voilà que nous reperdions l'équilibre, que je lâchai mon balancier.

— Si l'on en revenait à Adélaïde ?

— Si tu veux.

Et de nouveau Henriette roula en boule son oreiller, et elle attendit...

Elle est donc reine, Adélaïde, et comme toute reine, elle a sa cour. Une cour qui la suit dans ses moindres déplacements, qui la redoute et qui l'adule. Elle a ses serviteurs et ses courtisans, ses soupirants et ses profiteurs, ses mélomanes et ses imprésarios. Autour d'Adélaïde gravitent aussi des écrivains, des lettrés, des poètes. Quand ils ne sont pas auprès d'elle, ils lui écrivent des lettres incroyablement fleuries, ils tressent des guirlandes d'épithètes autour de sa statue, ils multiplient les superlatifs et les majuscules : les Grâces, l'Amour, les Muses... Ils adorent les métaphores mythologiques. Ils sont tous amoureux d'elle, bien entendu. Un poète de Vérone, Pindemonte, qui traduit *l'Odyssée,* lui dédie la plupart de ses œuvres. Foscolo, qui a traduit de son côté *le Voyage sentimental* de Sterne, est sans doute son amant. Lui et les autres, ils croient l'immortaliser par leurs louanges. En fait, c'est le contraire qui va se produire...

J'allumai une deuxième fois la lampe de chevet et trouvai deux lettres que j'entrepris de lire. Deux lettres extravagantes, qui situaient bien le degré de passion qu'inspirait Adélaïde. Deux lettres qui étaient pour moi comme deux miroirs vieillots, fabuleux, dont la dorure s'écaillait, dont le tain tombait par plaques et au travers desquels se devinaient les reflets et la grâce et le regard de la cantatrice. La première lettre, datée du 4 décembre 1809, était de Foscolo adressée à l'un de ses amis, Grassi, un poète qui traduisait *Werther*, se vautrait dans les poses romantiques et devait se trouver à Turin, à l'époque du festival, en même temps qu'Adélaïde. La seconde, la réponse de Grassi... Je lisais donc à Henriette : « Mon cher Grassi, je t'envoie cette lettre qui te fera rencontrer les Grâces et les Muses. Tu rendras visite avec elle à Mme Belgioso et tu salueras au nom de mon amour et de ton amour ses yeux grands et très noirs. Je ne te la recommande pas, non plus que je ne te recommande à elle : vous serez chers l'un à l'autre parce qu'elle est belle et qu'elle est maîtresse dans l'art du chant, et parce que tu es courtois et aimable écrivain. Veille seulement à ne pas tomber amoureux. Et vis heureux. » La réponse de Grassi est du même style. « Mon très bon Foscolo ! Parler de vous, et en parler avec l'aimable Belgioso est un très doux plaisir, et je l'ai goûté hier. Il est bon pour moi que la belle cantatrice soit d'humeur joyeuse ; sinon je tomberais amoureux à ses pieds : mais cette joie m'a sauvé. Les grands yeux très noirs scintillaient à votre nom ; et moi, introduit par votre nom, j'ai été reçu de façon charmante. Foscolo, je sais pour en avoir fait l'expérience que l'amour est la seule chose qui, accompagnant de douces études, jonche de quelques roses le chemin de la vie, et je sais que ces roses coûtent des larmes... Mais il suffit comme cela ! »

J'éteignis la lampe. Henriette trouva les deux lettres et les deux hommes fort ridicules. Non, lui répondis-je, ils bravent le ridicule, c'est différent, ils le bravent parce qu'Adélaïde a des yeux très noirs, immenses, parce qu'elle les envoûte, parce qu'elle est non seulement reine mais sorcière. Incroyable, l'avertissement de Foscolo à Grassi : « Veille seulement à ne pas tomber amoureux, et vis heureux ! » Méfiance, jalousie ? Je ne crois pas. Sinon, il ne les aurait pas mis en présence l'un de l'autre. Pour Foscolo, Adélaïde est vraiment une sorcière, une Amazone, une sirène. On ne doit pas tomber amoureux d'une sirène.

Sinon, trop tard, et on est condamné à la suivre en esclave d'une ville à l'autre, d'un déguisement à l'autre — et tout est fini ! Cela dit, cette prudence est un peu décevante, c'est une prudence petite-bourgeoise...

Et je continuais sur ma lancée et parlais à Henriette de Luigi Pedrotti. Il avait été l'élève de Foscolo qui lui avait présenté Adélaïde vers 1808. Il a à cette époque vingt-deux ans, Adélaïde vingt-trois. Les conseils de prudence de Foscolo, il s'en moque. Il veut vivre dangereusement, et on ne vit pas dangereusement en suivant les cours de littérature de l'Université de Padoue ou en animant le cercle littéraire de Brescia. Les deux frères de Luigi, plus âgés que lui, se sont enrôlés dans les armées impériales. Ils sont déjà généraux et affrontent en Russie, en Prusse, en Espagne des ennemis interchangeables. Mais Luigi n'a pas l'humeur des combattants de première ligne. Danger pour danger, il lui reste à tomber éperdument amoureux d'Adélaïde Belgioso... Comme tout le monde !

Je ménageai un silence. Henriette retint sa respiration. Elle m'écoutait donc. Elle cessait de tournoyer vers Salò, elle revenait doucement à sa position d'équilibre... Je lui décrivais Luigi...

Il a un regard que l'on dirait curieux du monde, et d'une douceur étonnante, un nez mince et plutôt long, un grand front bombé, le bas du visage peut-être un peu lourd, un peu bourgeois, la mâchoire épaisse, avec toutefois des lèvres très fines, très ourlées, presque féminines. Il a achevé aussi des études de médecine et c'est peut-être cela, cette intimité avec la mort, qui lui donne cet air paisible et désabusé. En 1810, il a fait un long séjour à Paris, il s'est lié d'amitié avec des savants comme Humboldt, Thenard, Cuvier. A-t-il abandonné sa maîtresse ? L'a-t-elle laissé partir ? On ne quitte pas si facilement Adélaïde. Entre eux, tout a dû se consommer au retour. En 1812 en tout cas, plus de doute, ils vivent ensemble, ils sont inséparables. Elle a vingt-sept ans, l'Italie connaît ses dernières années de bonheur avant le retour des Autrichiens et de l'ordre moral, lui est riche, très riche, il est noble et il est beau. J'oubliais : il fait plus d'un mètre quatre-vingt-dix. Le conte de fées commence...

Signor Bruschino s'était remis à ronronner avec une parfaite impudence. Il ronronnait presque aussi fort que je parlais, dans ce silence désolé de Paderna où les chuchotements rauques d'Henriette, quand elle me répondait, prenaient des allures de cris.

Luigi tombe donc dans les bras de la reine des Amazones, mais pour dire la vérité, c'est la reine des Amazones qui l'enlève. Tant pis pour le scandale (car Adélaïde est mariée, a deux enfants !), Luigi se moque du qu'en dira-t-on, il se fâche provisoirement avec ses frères qui refusent de recevoir Adélaïde. Il s'en fiche. Elle s'en fiche. Désormais, ils ne se quittent plus, ils ne se quitteront plus sinon par la force des baïonnettes. Mais j'anticipe. Et maintenant Venise en 1813.

Adélaïde compte alors parmi les meilleures cantatrices italiennes, elle a chanté à Turin, à Naples, à Gênes. Elle est célèbre. Sa voix de contralto, tendre, énergique, est l'une des plus belles d'Italie. Luigi l'accompagne à chacune de ses tournées. Mais Adélaïde n'a pas encore trouvé son rôle, elle n'a pas encore créé son grand rôle qui puisse l'immortaliser. Avec Rossini, tout change. C'est le coup de foudre entre l'interprète et le compositeur. Rossini écrit aussitôt un opéra seria qui va être *Tancrède*...

Le maestro a tout juste vingt et un ans. Et ce n'est pas son premier opéra. Depuis près de trois ans, il court d'une ville à l'autre, d'une commande à une autre. On dit qu'il est indolent, qu'il est paresseux. Comme tous les paresseux, c'est d'abord un homme pressé. Et drôle de paresse qui lui fait composer huit opéras entre 1812 et 1813 ! Bien sûr, il lui arrive de se répéter, il reprend une ouverture, une aria, un duetto pour les plaquer sur un deuxième opéra. Pourquoi se gênerait-il ? Les Romains ne savent pas ce qu'ont entendu les Milanais, les Vénitiens ignorent ce qu'ont applaudi les Napolitains. Les directeurs d'opéras n'osent pas se montrer trop exigeants. Lui Rossini touche à peine six cents francs par opéra bouffe ! Ce n'est pas payer cher le génie. 1812, 1813, Rossini dans son genre est aussi heureux que Luigi Pedrotti. Tout lui réussit. Il y a des moments de grâce comme cela. Il ne s'arrête pas de courir, de composer. Bonheur fou, accord d'un musicien et de ses interprètes, d'un musicien et de son public. Rossini a du génie, il le sait et il en sourit. A sa mère, il écrivait des lettres avec, sur l'enveloppe : « all'ornatissima signora Rossini, madre del celebre maestro ». Pas la peine de traduire ! En plus, il est joli garçon, mince encore, le regard noir du séducteur méditerranéen, et un sens des pirouettes, une gaieté insolente qui font rire toutes ses conquêtes...

Henriette me demanda s'il avait séduit Adélaïde. Il aurait pu. Un maestro, c'est un metteur en scène de cinéma : il tombe amoureux de la vedette qu'il dirige. Mais par chance, il y a un fond d'indolence chez Gioacchino Rossini. On le sent plus dominé que dominateur. Facile de lui mettre le grappin dessus : il n'est pas très doué pour l'amour passion. Et à Venise en 1813, les femmes qui le tiennent ne le lâchent pas encore. En particulier Marietta Marcolini, une autre cantatrice. Luigi Pedrotti n'a donc rien à craindre. Rossini préfère les opéras bouffes et les liaisons furtives. Ce n'est pas le genre d'homme qui prépare longtemps à l'avance ses coups de force...

Trois semaines avant la générale de *Tancrède,* Rossini n'a pas encore écrit la moindre ligne de musique, il n'a pourtant pas intérêt à rater son coup. *Tancrède,* c'est sa première grande commande pour le théâtre de la Fenice ; l'opéra seria, c'est le genre noble par excellence, et mieux vaut donner des gages à la postérité, l'année où naissent Richard Wagner et Giuseppe Verdi !

Henriette n'était pas en état de comprendre. Je crois

qu'elle s'était endormie. Son souffle devenait régulier. Je me tournai vers elle, apercevant son visage très enfantin dans le sommeil et comme lavé de toute peur. Signor Bruschino lui aussi dormait. Le jour se glissait entre les volets, il n'y avait plus de doute possible, et une lumière blanche — très pâle — semblait irradier sur le dallage. Mais que faisaient les coqs de la ferme, tous les coqs de toutes les fermes de toute la plaine lombarde ? Ils allaient se mettre à chanter ou quoi ? Pour une fois que j'étais disposé à les entendre saluer la naissance du jour ! Rien, ils restaient muets, ils dormaient, eux aussi !

Je demeurais en plan avec l'histoire. Henriette dormait, en équilibre, et je me retrouvais idiot avec mon balancier entre les mains. Pourtant, je l'aimais cette histoire, je l'aimais, Adélaïde. Je laissais mon film se dérouler pour moi tout seul...

Venise, le 3 février 1813. Adélaïde et Luigi ont loué un appartement au premier étage du palazzo Priuli qui donne sur le campo Santa Maria Formosa. De leur salon, la vue plonge sur la place qui imite un décor de Goldoni. A Venise, le XVIIIe siècle n'en finit pas de mourir. Avec Napoléon, il bénéficie d'un ultime sursis, il vit son été indien. La veille, il y a eu répétition à la Fenice, le soir grand bal au palais Querini Stampala. Luigi y a retrouvé par hasard la comtesse Anna Serrengo Aligheri dont il fréquentait le salon à Vérone, et il l'a présentée à Adélaïde. A-t-il remarqué le mouvement de recul de la comtesse ? Adélaïde, autrefois, avait aussi fréquenté son salon, elle y avait même chanté à l'âge de dix-sept ans. Mais une femme séparée de son mari, qui s'affiche avec un autre homme, et qui chante en public ! La comtesse a pris un air horrifié, a tendu sa main comme à regret. Adélaïde a éclaté de rire et a tourné les talons avec une insolence adorable. Il y avait Rossini aussi à la réception, tout malheureux dans un habit noir craquant neuf, une chemise au col trop empesé dont les pointes relevées lui irritaient les joues. Adélaïde a passé sur lui sa mauvaise humeur, elle lui a dit qu'il ressemblait à l'une de ces poupées maladroites et raides peintes par Pietro Longhi, et Rossini ne s'est pas vexé, car il ne connaît pas Longhi. Avec Adélaïde, il n'est pas au bout de ses peines...

Cela, c'était la veille donc. Il est six heures du soir maintenant, le 3 février 1813, le soir tombe, de grands nuages roses s'allument dans un ciel turquoise. Adélaïde est seule dans son salon, à gauche elle aperçoit l'abside rouge brique de l'église San Giovanni e Paolo, sur le campo, des marchands replient leurs éventaires et chargent sur des carrioles des coupons d'étoffe et de tissus. Venise se met à ressembler à un tableau de Tiepolo. Adélaïde attend Gioacchino Rossini. Dans la bibliothèque attenante au salon s'est retiré Luigi Pedrotti : il traduit du grec des fragments de *Vies, Doctrines et Sentences des philosophes illustres* de Diogène Laërce. L'Europe est à feu et à sang et les armées napoléoniennes battent un peu partout en retraite. Metternich attend son heure. Rossini n'attend pas, il compose et répète son premier opéra seria, Adélaïde va devenir l'idole des Vénitiens — et que fait Luigi Pedrotti ? Il traduit toujours Diogène Laërce. Il ne faut pas le déranger.

Enfin Rossini est annoncé, Rossini est introduit au salon. Adélaïde l'observe. Le maestro paraît fatigué, soucieux, il a déjà de grands cernes noirs sous les yeux, il a aussi les cheveux en bataille et il parle comme s'il était à bout de souffle.

— Mais il ne faut pas courir comme cela, lui dit-elle.

Et Adélaïde a envie de rire.

Mais Rossini, lui, ne rit pas du tout. Il est même furieux d'avoir été dérangé en pleine répétition d'orchestre.

— De quoi s'agit-il ? demande-t-il d'un ton rogue.

Il a beau faire, il n'arrive pas à se mettre en colère, à avoir l'air menaçant. Comment le prendre au sérieux ? Adélaïde parvient à garder son calme.

— Mon cher Gioacchino, reprend-elle (dit-elle vraiment : mon cher Gioacchino, ou utilise-t-elle un diminutif ou un surnom, ou emploie-t-elle une marque excessive et comme parodique de respect : mon cher maestro, ou au contraire : mon petit lapin ? Peut-être bien : mon petit lapin après tout, « coniglietto mio »...), mon cher Gioacchino, le premier air du chevalier Tancrède est infect, et je ne veux pas le chanter...

— Mais...

— Infect, et je ne le chanterai pas !

C'est soudain la reine des Amazones qui parle, ses yeux se font plus noirs que l'ébène, Rossini bredouille quelques mots, il regarde à droite et à gauche, comme s'il cherchait du renfort, l'aide de quelqu'un de sensé. Dans deux jours la première !

— Trop tard, essaye-t-il d'articuler.

On dit qu'il est l'homme de la dernière minute, d'accord, mais à ce point !

La reine des Amazones se fait maintenant plus câline, elle s'approche de Rossini, le prend par le bras, le raccompagne doucement jusqu'à l'entrée, jusqu'au palier, elle lui parle à voix très basse, presque dans l'oreille, elle lui parle comme on parle à un enfant boudeur mais qui promet de s'amender.

— Mais si, mon petit Gioacchino, dit-elle (ou bien dit-elle : mon cher maestro, ou « coniglietto mio » ?), avec vous tout est possible. Il le faut, vous verrez, j'ai raison.

Il se sent tout à fait ridicule, Rossini. Il préfère battre en retraite. Il baise la main d'Adélaïde, dévale les escaliers. Vite à l'auberge !

Adélaïde revient pensivement au salon. Non, ce n'est pas un caprice, il lui faut vraiment une aria éclatante, héroïque, pour imposer son personnage, pour jouer le chevalier Tancrède au moment où il retrouve sa patrie après des années d'exil. Elle a raison, elle en est sûre.

Après-demain, la première. Elle se sent un peu émue. Le

salon est vide. Luigi, dans la bibliothèque, est encore penché sur Diogène Laërce. Il n'y a plus âme qui vive sur le campo Santa Maria Formosa. Bien sûr, elle aurait dû avertir Rossini un peu plus tôt, mais à qui la faute si le deuxième acte a été mis en répétition avant le premier ?

Sept heures sonnent au clocher de San Giovanni e Paolo. Maintenant, elle se sent fatiguée, elle s'étire, elle bâille, elle ouvre la porte de la bibliothèque. Luigi traduit... Diogène Laërce.

Henriette continuait de dormir. Signor Bruschino aussi. Le jour rosissait entre les volets. Un coq se décida à chanter au loin. Il était temps.

Adélaïde aussi a sommeil et Luigi étudie encore son historien grec. Laissons-les un moment. C'est Rossini qui est à plaindre, Rossini qui retourne à son auberge et qui est en panne d'un grand air pour Adélaïde Belgioso. Suivons-le ! Long travelling sur Gioacchino. En arrière-plan, les canaux, les gondoliers, les petits ponts de pierre en dos d'âne, des séminaristes qui rasent les murs et des courtisanes qui rient à tue-tête. Venise de cartes postales — ces cartes postales que peignaient il n'y a pas si longtemps à la chaîne les Guardi et Canaletto pour les touristes milliardaires de l'Europe entière. Paillettes d'argent sur l'eau, gentilshommes masqués, il ne manque pas une église de Palladio à cette reconstitution. Avant-veille de carnaval. Mais que se passera-t-il à la Fenice ? Rossini somnambule parvient à son domicile. Huit heures et demie du soir. Il n'a pas faim. Il est tout surpris de se retrouver là, à quelques mètres de l'abbazia della Misericordia. La miséricorde divine, il en a besoin ! Il fredonne quelques airs, il se chante des mélodies. Mais le grand air de Tancrède ? Non, décidément, il ne trouve pas...

Et le film se poursuit — la légende. Rossini est arrivé, Rossini s'assied à la table d'hôte. Il est seul. Que veut-il manger ? Qu'importe, répond-il à la « locandiera ». Du riz ? Va pour du riz ! Le temps de le faire cuire (dix-huit minutes à peine) et l'inspiration l'envahit soudain. Il les tient, les accents du récitatif : « O Patria, ingrata Patria... » Et l'air « di tanti palpiti », il n'a que le temps de le noter. Mélodie lumineuse, héroïque et gaie. Il fredonne maintenant, et il a retrouvé l'appétit...

Dans trois jours, tout Venise, toute l'Italie chanteront « di tanti palpiti ». On dira l' « aria dei risi », l'air du riz. Et cet air, on l'entonnera jusque dans les salles des tribunaux (« mi rivedrai, ti rivedro », tu me reverras, je te reverrai) pour dire adieu aux condamnés. Un air radieux que l'on invente, que l'on fredonne aussi à vingt ans quand on est amoureux et que sa maîtresse vous attend.

Edmund Green avait chanté l'autre jour « di tanti palpiti ». Je cherchais à m'en souvenir, mais Green chantait si faux, et moi donc ! non ce n'était pas ça !

— Qu'est-ce qui te prend ? chuchota Henriette que j'avais réveillée... Au moins tu as le cœur à chanter !

Henriette, elle, avait bien eu le cœur à dormir, comment le lui reprocher ? Je lui aurais plutôt reproché de s'être éveillée. C'était cela le plus terrible : ses réveils. Elle oubliait alors la belle Amazone aux yeux noirs, elle retrouvait Salò et les tumeurs, imaginaires ou non, qui proliféraient dans sa gorge. Tout était à reprendre, le jeu du balancier, la course à l'équilibre. Désespérant.

— Tu voulais savoir où j'en étais ?

— Si tu veux, dit-elle, je n'ai pas le choix.

J'abrégeais tout de même. En deux mots, j'évoquais l'accueil mitigé du public vénitien, l'enthousiasme de Stendhal (« la divine partition de *Tancrède* »), la gloire soudaine d'Adélaïde et de sa voix qui bouleversa l'Italie, ce pays où, comme le disait encore Stendhal, le taux de la sottise est moins élevé qu'ailleurs...

Mais au milieu de ce carnaval vénitien de 1813, avec la guerre qui se rapprochait au nord, un homme ne partageait pas l'allégresse générale. Il était médecin et lettré — et le moyen d'être heureux sans partage quand on *ima-*

gine, quand on a dû se pencher au plus près sur les convulsions de la mort ! C'était Luigi. Il n'aimait pas, on le sait, ce finale gai de *Tancrède,* son happy-end qui ne collait pas avec la logique de la tragédie. Il parvint à convaincre Rossini de le remanier. Lui-même réécrivit le texte des chœurs et des récitatifs de la fin du deuxième acte et le finale bien sûr. Le *Tancrède-bis* est donné au Teatro communale de Ferrare le 20 mars 1813, c'est-à-dire un mois et demi après sa première représentation à Venise. Sans plus de succès.

Décidément, la tristesse n'était pas encore à la mode à Ferrare comme dans toute l'Italie, en 1813. Les prêtres rasaient les murs, qui, dans quelques mois, iraient dénoncer à la police autrichienne les couples illégitimes et les particuliers qui ne faisaient pas maigre le vendredi saint. Pour l'instant, l'administration leur échappait. Affaire de patience. Ils laissaient s'exténuer dans leur griserie les Italiens qui chantaient au bord des cimetières, renvoyaient la tragédie à demain et sifflaient la version tragique du *Tancrède* de Gioacchino Rossini...

Mais quelle vie menait donc en attendant, à Venise et à Ferrare, le trio Rossini-Pedrotti-Belgioso ? Impossible à savoir. Rossini, c'est du vif-argent. Même pas le temps de l'arrêter. Il va si vite, il est flou sur toutes les images. Ferrare ? Il n'est déjà plus à Ferrare. Adieu les carnavals, sa chanteuse et son librettiste d'occasion ! Il plante là le chevalier Tancrède et s'apprête à étourdir de musique, dans une Algérie de carton-pâte, une Italienne qui a les beaux traits (et la jalousie féroce) de la Marcolini. Adélaïde et Luigi se trouvent rendus à leur solitude. Ils ne s'en plaignent peut-être pas...

Le jour naissant, comme une blessure brûlante, gangrenait le dallage de marbre, remontait vers notre lit et l'histoire d'Adélaïde. Il ne me restait plus beaucoup de temps. Rien ne résisterait au plein soleil. Ce récit n'était qu'une parenthèse de l'ombre et du demi-sommeil.

Ce qui me touche chez Luigi et Adélaïde, dis-je à Henriette, c'est cette solitude qu'ils vont progressivement conquérir. Le contraire du destin traditionnel des amoureux. Ils ne remontent pas lentement à la surface de la société. Ils s'immergent, ils s'engloutissent peu à peu dans leur double isolement. D'abord ils courent l'Italie, ils se dispersent, et le temps passe, et elle est toujours plus belle, plus souveraine, mais elle se fatigue de régner, de disperser ses caprices. Bientôt, ils se ménageront une île avec beaucoup d'eau et de silence pour les garder. Adélaïde chante encore un peu à Venise, à Brescia, à Ferrare. Elle chante du Mayr, du Pavesi, du Rossini surtout. Mais ses apparitions s'estompent, et ses agents se désolent, tant pis ! En 1812, Luigi Pedrotti était tombé éperdument amoureux d'elle. Après l'avoir conquis, elle se rend à son tour, c'est le destin tragique d'une reine des Amazones...

Et Luigi achète l'île, l'isola di Garda qu'il va rebaptiser isola Pedrotti. En 1817, Adelaïde et lui s'y installent — et c'est l'année même où Stendhal classe Adélaïde dans son Parnasse musical de l'Italie parmi les trois meilleures contraltos... Elle l'ignore bien sûr, elle vit désormais enfermée dans une prison qui ressemble plutôt à une maquette du paradis terrestre, une prison de huit cents mètres de long, plantée de mûriers et de vignes, de citronniers et d'orangers. Drôle de prison à l'extrémité orientale de laquelle il y a un couvent franciscain du XVe siècle maintenant abandonné et où ils vont s'installer après quelques travaux ! Une prison avec vue sur Salò, soleil à toute heure, douceur du climat et bonheur sensuel assuré !

A l'aube, des pêcheurs relèvent leurs filets et frôlent l'isola. Des lumières filtrent encore du salon de musique — l'ancienne sacristie. Et ils entendent s'élever une voix de contralto portée par les accords métalliques d'un piano-forte, mais ils ne comprennent pas, les pêcheurs, ils pensent qu'une femme folle et éthylique est enfermée ici — et ils le racontent. Les murmures s'amplifient, la légende prend corps d'une prisonnière dans l'île, d'une alcoolique ! C'est que les pêcheurs ne savent pas reconnaître une aria de Rossini (sauf peut-être l'air de la calomnie !) ni deviner ce que peut représenter l'amour le plus déraisonnable. Ils passent au large de la petite crique et du port redessinés depuis peu. Ils ne savent rien... Personne ne sait rien de leur vie privée, mais ils ne vivent pas complètement en quarantaine. Ni l'art ni la politique ne les lâchent. Mais maintenant, ils les laissent venir à eux. Ils reçoivent des poètes comme Cesare Arici, un ami de jeunesse de Luigi, une chanteuse comme Giuditta Pasta qui va reprendre le rôle de Tancrède à Paris. A celle-ci Adélaïde raconte tout : l'histoire de l' « aria dei risi », les répétitions, les périls de la partition, les conseils de Rossini... La Pasta écoute, retient les leçons, les anecdotes. Dans quelques mois à Paris, elle les racontera à Stendhal qui loge juste l'étage au-dessous d'elle, 63, rue de Richelieu... Il y a aussi Donizetti qui vient et qui dédie une aria « alla buona Adélaïde »... Luigi, dans son île, a adopté de son côté une manie plutôt bizarre : il grave sur des pierres des petits poèmes, des faits divers, des souvenirs de rencontres. Ce sont ses *Iscrizioni*, une manière de testament littéraire...

Je commençais à avoir sommeil, les paupières brûlantes, et je me fatiguais à parler à voix basse. Il est épuisant de chuchoter. Quelle heure était-il ? Sept heures environ. On devinait, plus fréquents, des bruits de voitures du côté du village. A sept heures, que se passait-il il y a un siècle et demi à l'isola Pedrotti. Luigi et Adélaïde dormaient-ils ? Ou bien préféraient-ils les promenades très matinales ?

Sept heures sonnent. Adélaïde et Luigi descendent par le chemin de terre vers le petit port. Ils passent sous la poterne que couvrent des massifs de bougainvillées mauves. Ils ont deux beaux chiens, un braque et un doberman qui répondent aux nom d'Attila et de Gnac. Les chiens jappent, frétillent, tournent autour de leurs maîtres, courent devant eux, les attendent, tirent la langue, reviennent auprès d'eux. Plus loin, le long de l'allée, les orangers embaument. Adélaïde et Luigi aperçoivent, émergeant de la brume, le haut clocher de l'église de Salò et les villas luxueuses qui se construisent à flanc de rocher, autour de Gardone : taches claires au milieu des cyprès dressés comme des colonnes. Entre eux flottent les souvenirs de la nuit... Silence... Il y a là juste deux silhouettes inclinées l'une vers l'autre, et qui se donnent le bras — Adélaïde, ses cheveux en bandeaux, une longue robe de mousseline claire ; lui encore engourdi de sa nuit, la chemise ouverte, heureux de respirer, de marcher, de regarder Adélaïde glisser sans bruit à ses côtés... Ils arpentent leur territoire. La nuit leur appartenait, et le jour qui se lève, et tous les autres jours à venir : ces longues heures d'oisiveté, de mélancolie, de bonheur patient. Il est riche et elle est célèbre : ils vivent de leur rente et de leur amour, bouclés dans l'île comme dans un coffre-fort. Je dois me contenter de les regarder passer, très lentement, le temps qu'ils atteignent le bout de l'île, là où s'étagent les vignes, puis qu'ils reviennent par l'autre sentier, celui qui longe le lac vers le sud et d'où l'on peut découvrir au loin, entre ciel et eau, la presqu'île de Sirmione.

Il n'y a encore aucun Autrichien à l'isola. C'est un territoire libre, mais un territoire encerclé. Luigi et Adélaïde le savent. Ils n'ignorent aucun des dangers qui les menacent. Pour l'instant, ils reviennent lentement de leur promenade. Ils parlent mais à voix basse, trop basse pour qu'on puisse surprendre leur conversation. Bientôt ils vont se séparer. Ils se sont chacun aménagé un enclos privé, un jardin secret. Elle cultive son chant, il s'adonne à la politique. Médecin en titre, littérateur par goût, il est conspirateur par passion. Où peut-on mieux conspirer que dans une île ? Adélaïde est indulgente, elle le laisse échafauder ses coups d'État...

A partir de 1820, en effet, Luigi complote. Il n'a jamais

commandé d'armées comme ses frères, mais il se sent profondément libéral et italien, il n'en peut plus du joug de l'Autriche, il est carbonariste. Chaque nuit, avec ses complices, il refait le monde, il tue des rois, il soulève des villes, il dresse des barricades, il fait lever les campagnes, il invente de nouvelles constitutions, il fédère l'Italie. C'est un carbonariste de la tendance fédératiste. Son île devient le centre de la rébellion en Lombardie, elle est merveilleusement placée entre Milan, Vérone et Mantoue. Très vite, les allées et venues se multiplient avec le continent, des pêcheurs portent des messages aux quatre coins du lac de Garde, la chambre de Luigi plonge en à-pic sur les rochers. Il n'y a qu'à imaginer des rendez-vous clandestins, des appels d'une barque à l'autre, des lanternes sourdes que l'on balance devant une fenêtre, bref tout un bric-à-brac romanesque qui donne à ces conspirations carbonariste une allure de fête. On est encore en plein opéra. Le rôle de la femme recluse est tenue par une contralto, Luigi a une voix de ténor, et quel décor que les nuits sans lune du lac, l'ombre menaçante du couvent !...

A Salò, il y a un archiprêtre qui adresse rapport sur rapport à la police autrichienne pour dénoncer les activités factieuses de Luigi Pedrotti. Mais ce qui le révolte le plus chez Luigi, c'est sa vie maritale auprès d'Adélaïde, une femme mariée, et l'insolence de leur bonheur silencieux. Du reste, il n'est pas le seul. Luigi s'est longtemps fâché avec sa famille pour cela. Maintenant il revoit ses frères. Il est reçu chez eux avec Adélaïde. Mais il n'abuse pas de cette tolérance. Lui et Adélaïde préfèrent cette île où ils échappent aux médisances d'une société pudibonde. Pour en revenir à l'archiprêtre, les polices de Salò et de Brescia minimisent par bonheur la portée de ses dénonciations. Ils ont tort. Un premier complot échoue de justesse en octobre 1820. Le poète Silvio Pellico est arrêté avec quelques complices, il se met à table tout de suite. Les inculpations se multiplient. Des rapports de police parlent de « la furba Belgioso », mais Luigi bénéficie d'un sursis. Il continue de conspirer. Toutefois le filet se resserre. Des agents autrichiens épient le mouvement des barques entre l'île et le continent. L'archiprêtre, l'expert en délation, exulte. Il sent que les amours sacrilèges vont bientôt s'achever en prison... Enfin, le 3 janvier 1823, le baron Salvotti, le grand inquisiteur autrichien, signe l'ordre d'arrestation...

Henriette, docile et crédule, frissonnait d'avance.

Premier temps : deux officiers de police débarquent sur l'île. Adélaïde leur répond que Luigi est en voyage, elle ne sait où, les officiers renoncent à fouiller, à ratisser tout le terrain, ils se retirent. Il se produit alors un fait inexplicable. Luigi qui était bien caché dans l'île, qui est donc au courant du mandat d'arrêt lancé contre lui, ne songe pas à fuir, à gagner Paris, l'Angleterre, l'Amérique, qu'importe ! Non, il reste dans son couvent avec Adélaïde, il demeure fidèle à ses orangers, ses citronniers, à tous ses compagnons. Bravade ou inconscience ? Conduite suicidaire ou aveugle ? Peut-être ne veut-il pas quitter Adélaïde ? Mais pourquoi ne s'enfuit-il pas avec elle dans ce cas ? Deuxième temps donc, quarante-huit heures plus tard : les policiers reviennent en force. L'île est cette fois-ci entourée d'embarcations. Une trentaine d'hommes montent vers le couvent. Les chiens aboient, montrent les dents, ils mordent peut-être. Un soldat dégaine son sabre, d'autres l'imitent. Attila et Gnac sont déchiquetés, égorgés. Non, tout n'est pas d'un romanesque souriant en Lombardie, au mois de juillet 1823 ! Il faudrait qu'il n'y ait plus de soldats autrichiens ni d'archiprêtre délateur ! Les chiens râlent, se vident de leur sang, ils meurent et ils ne comprennent pas. Adélaïde pleure, Luigi est arrêté. Une flotille et une armée pour venir à bout d'un homme seul (même s'il mesure presque deux mètres de haut !) et de deux chiens carbonaristes, les Autrichiens ne lésinent pas sur les moyens !

Henriette appela machinalement son chat, comme pour

le consoler. Mais Signor Bruschino dormait, à l'abri de nos cauchemars.

Et maintenant on retombe dans le grotesque, continuai-je. Luigi est conduit à Milan, à la prison Santa Margharita qui est tout près de la Scala comme de bien entendu. Là, on ne trouve pas de lit à sa taille. Les geôliers courent de droite à gauche, peine perdue ! Alors il doit dormir tant bien que mal, Luigi, avec ses pieds qui dépassent du sommier enveloppés dans un manteau. En vérité, il grelotte, il ne dort pas, il pense à Adélaïde, il pense à l'isola... Personne ne peut le rassurer. Il ne reçoit aucune visite tant que l'instruction n'est pas close, et l'instruction n'en finit pas. Luigi retourne à son passe-temps favori : il grave sur les murs de sa cellule des inscriptions à la mémoire de ses chiens assassinés, Attila et Gnac. Et durant les interrogatoires, il nie, il nie tout, il nie systématiquement. Il ne connaît aucun des autres conjurés. Il ne comprend pas pourquoi une petite imprimerie clandestine, avec des tracts rédigés en hongrois, en allemand et en latin pour inciter les soldats autrichiens à la désertion, a été trouvée à l'isola. Non, il n'a jamais reçu que des amis et des mélomanes. Non, Gaetano Donizetti n'est pas un carbonariste ni madame Pasta un agent de liaison !... Le baron Antonio Salvotti enregistre ses réponses. Il ne sourcille pas. Une partie de cache-cache se dispute entre le commissaire politique et l'intellectuel. A qui cédera le premier. Les dépositions à charge se multiplient. Luigi Pedrotti continue de nier.

— On ne le torture pas ? demanda Henriette qui semblait trouver tout à fait normal et prévisible de torturer un homme dès lorsqu'on avait égorgé ses chiens...

Mais non, Salvotti était correct. Un bureaucrate, pas un boucher. Il n'exerce même aucune pression sur la fourbe Adélaïde, il se contente d'opposer, de confronter rapports, dépositions, procès-verbaux, il pousse Luigi à avouer parce que la loi autrichienne est stricte : il faut un aveu ou une preuve irréfutable pour condamner un prévenu ; une présomption, même forte, ne suffit pas. A la fin, il doit se rendre à l'évidence : Luigi ne craque pas, moins bon poète que Pellico mais meilleur conspirateur. Faute de preuves légales, Salvotti va devoir le libérer... Onze mois après son arrestation, par décret du sénat de Milan, Luigi est relâché. Il retrouve son île et sa bien-aimée.

Adélaïde l'attendait. Il n'y avait plus de barques, plus de police autrichienne. L'archiprêtre de Salò était mort. Adélaïde avait dû cesser de chanter. C'était l'hiver avec les terribles brouillards givrants du lac de Garde. Elle était devenue une héroïne romantique enveloppée de fantômes, de cris d'horreur, de solitude tragique, une somnambule, une inconsolable... Rossini était loin, lui aussi disait adieu à la musique italienne et aux sources de son génie, il avait épousé vingt mille livres de rente, il filait vers Paris...

Huit années vont encore s'écouler, durant lesquelles le chant de la Belgioso n'aura plus à couvrir les mots de passe carbonaristes, car il n'y aura plus ni musique ni conspirateurs. Luigi et Adélaïde se retrouvent vraiment seuls, ils vieillissent, ils ont coupé cette fois toutes les amarres. L'isola part à la dérive. C'est la fin de la représentation. Le noir tombe peu à peu sur la scène. Cette fin est superbe. Adélaïde redevient invisible, à peine l'entend-on respirer, elle retient volontairement son souffle. Il faut se lever et partir en silence. C'est l'heure. Les lumières reviennent dans la salle...

Je parlais encore à Henriette de la mort d'Adélaïde Belgioso, à l'isola, le 30 décembre 1832. Elle avait quarante-sept ans. Une crise cardiaque vraisemblablement. On l'avait enterrée au cimetière de Salò. Quelques mois plus tard, Luigi Pedrotti vendait l'île à son frère Teodoro et retournait habiter Brescia...

L'horloge de Paderna sonna neuf heures. Il faisait grand jour maintenant. J'avais dû m'endormir enfin. Je sursautai. Je regardai Henriette à ma droite. Elle fixait le plafond, les yeux grands ouverts. Sans doute sentit-elle que je m'étais réveillé. Elle se tourna vers moi et attendit.

— J'ai peur, murmura-t-elle.

— Je sais.

10. Le rideau de cyprès

La route plongeait en une série d'épingles à cheveux vers le lac.

— A droite, dit Henriette.

Nous venions de rejoindre la côte.

A gauche il y avait Salò et l'hôpital à moins de deux kilomètres. A droite la pointe de San Fermo (qui masquait l'ancienne isola Pedrotti), et, à quelques centaines de mètres, le cimetière.

— Il nous reste encore une demi-heure, ajouta-t-elle.

Elle parlait toujours sur le souffle et je devais me pencher vers elle pour ne perdre aucune de ses paroles. Par peur d'engager une conversation, je lui donnai raison. Elle n'avait jamais été aussi forte que dans ses murmures. Je pense qu'elle s'en rendait parfaitement compte.

Je tournai à droite.

La route serrait le lac, bordée de grands cyprès qui fatiguaient le regard par leur alternance d'ombre et de lumière. Puis la rangée de cyprès s'interrompait à la hauteur d'une petite plage caillouteuse. Il y avait là un ponton, et au bout du ponton nous aperçûmes deux enfants debout l'un près de l'autre, une canne à pêche à la main, qui regardaient peut-être Salò juste en face, ou qui peut-être ne regardaient rien. Deux enfants immobiles semblables à des divinités de la jeunesse.

Après le ponton et la plage, le terre-plein qui bordait la route s'élargissait du côté du lac, et de nouveau il y avait des cyprès. Je ralentis et garai la voiture sur ce terre-plein. De l'autre côté de la route s'étageaient à flanc de colline les gradins du cimetière.

Bien sûr, il y avait la ligne des cyprès qui tirait un rideau entre les vivants et les morts. Mais ce rideau, déchiré en lanières verticales, laissait deviner l'ordonnance des tombes.

Nous traversâmes, franchîmes le portail et les premières marches de l'escalier monumental. En nous retournant maintenant, on découvrait le golfe de Salò tout pailleté de soleil et la ville, derrière, avec ses maisons ocre ou vieux rose mouchetées de noir, et la découpe de ses arcades au bord de l'eau... La ligne des cyprès ne faisait en somme que souligner la *mise en spectacle* du cimetière pour la ville et de la ville pour le cimetière.

Nous commençâmes à nous promener parmi les tombes, sans rien dire, sans rien trouver à dire. Moments précieux d'acclimatation.

Aucune sépulture n'était antérieure à 1837. L'épidémie de choléra qui avait ravagé l'Italie quelques mois plus tôt avait bouleversé la disposition du cimetière. Les caveaux avaient été pour la plupart démolis et les ossements qu'ils contenaient rassemblés et jetés dans des fosses communes. Les nouveaux morts chassaient les anciens. Il fallait faire place nette pour les souvenirs immédiats.

— Adélaïde disparue, c'est comme si tout le cimetière lui appartenait, dis-je.

— Et tu ne sais pas où était sa tombe ?

— Non. Même Giuseppe ignore dans quel coin du cimetière elle avait été enterrée.

— Bizarre que Luigi ait ainsi, de son vivant, laissé profaner la sépulture de sa bien-aimée.

— Il n'avait peut-être pas le culte des morts.

— Peut-être, répéta Henriette pensivement.

Elle s'éloigna et parcourut les allées, lisant les inscriptions des pierres tombales, comme si elle recherchait quelque chose ou quelqu'un : un parent, un souvenir, un double — et cela sans hâte, avec une sérénité inquiétante. Elle fixait surtout les photos des défunts, ces photos — une coutume italienne — cerclées de bronze et mises sous verre, accolées à chaque sépulture.

Je la suivis. On découvrit des images de vieilles femmes en noir que l'on aurait dit traquées (la peur du photographe sans doute), d'enfants rieurs, d'adolescents bravaches de 14-18 (qui allaient se faire tuer, quelques semaines plus tard, sur la Piave) ou de paysans rongés par le soleil et la transpiration. Le contraste était blessant entre ces visages d'un moment et l'éternité de leur mort. On ne pouvait parler vraiment de la solitude du cimetière : c'est comme si une population fantôme observait de là, comme au théâtre, le jeu de la ville et du lac, la frivolité d'une vie réduite au sillage argenté d'un hors-bord ou aux reflets fugitifs du soleil sur le pare-brise d'un camion.

— Viens, dis-je à Henriette au bout d'un moment, on va être en retard.

— Non, une seconde, regarde !

Elle me désigna un visage sur une pierre tombale, le regard d'un adolescent.

— Il ne savait pas, fit-elle.

— Tout le monde sait qu'il va mourir.

— Non, il ne savait pas, lui... Et tu ne le sais pas non plus, ajouta-t-elle avec dépit.

Je m'assis sur une marche et, tournant le dos à Henriette, je cessai de l'entendre.

Des vasques de pierre encadraient l'escalier, à chaque palier. Descente majestueuse vers l'eau gris-argent, vers l'oubli.

Les deux enfants, les deux petites statues mythologiques de la jeunesse, étaient maintenant réduits à des vignettes et ne bougeaient toujours pas. Je les aperçus entre deux cyprès, très lointains, appartenant au royaume incertain des vivants.

Les deux cyprès qui gardaient la poterne avaient une drôle d'allure : l'un mince et effilé, l'autre plus court, plus replet. En s'opposant, ils prenaient quelque chose d'humain. Couple éternel du gros et du maigre, du comique et du tragique, de celui qui ne sait rien et de celui qui imagine, de celui qui a peur et de celui qui sait pourquoi. Silhouettes burlesques et noires qui faisaient le guet dans le contre-jour et frissonnaient avec le vent.

Henriette circulait entre les tombes. Je la vis disparaître sous une galerie qui courait en travers du cimetière, tout en haut.

J'attendais.

Non, tout le monde ne sait pas qu'il va mourir ! On oublie, on se distrait — et ce cimetière où Adélaïde s'était évaporée invitait précisément à la distraction. Le soleil avait disparu derrière la colline. Tout était paisible. Je surpris le vrombissement d'un chris-craft qui rasait le rivage, et celui d'une voiture qui filait vers San Fermo. Puis de nouveau le silence et le clapotis de l'eau. Le mal de gorge d'Henriette, je voulais que ce ne fût rien. Il faisait frais dans ce cimetière près du lac. Pas de comparaison avec la chaleur écrasante de Paderna. Non, une extinction de voix ne pouvait être bien grave. Où donc avait été enterrée autrefois Adélaïde ?

Henriette vint me rejoindre au bout de dix minutes.

— Où étais-tu passée ?

— Sous la galerie il y a le crematorium et plus loin, comme des tableaux accrochés aux murs, les plaques avec les noms des gens incinérés et leurs photos toujours, les unes contre les autres. On dirait un album de famille. Les morts font des sourires au photographe.

— Ils ne savaient pas qui était le photographe.

Je me levai et Henriette me suivit. On découvrit notre voiture sur le terre-plein, de l'autre côté de la route : tache rouge parfaitement incongrue dans ce paysage gris-bleuté et vert.

— Tu vois l'hôpital d'ici ?

Je tendis le bras vers la ville, vers la lisière gauche de la ville, au bord de l'eau. Là, on devinait une bâtisse plus haute, plus longue que toutes les autres, piquetée d'autant de points noirs que de fenêtres.

— On doit conduire parfois les morts en bateau de l'hôpital jusqu'au cimetière, remarqua Henriette. Il y a un ponton, et c'est un raccourci. La barque des morts...

Quelques minutes plus tard, nous retrouvions l'hôpital de Salò pour la même remontée — pesante — vers les combles et le service ORL du docteur Foppa.

Nous n'aperçûmes aucun malade ni aucun consultant. Qui donc venait se faire soigner ici ?

Foppa nous attendait. Nous étions finalement arrivés juste à l'heure pour la représentation. Tout d'abord, Foppa ne nous dit rien. Son regard fuyait. Je repensais à la franchise désarmée des morts d'en face qui vous fixaient droit dans les yeux.

— Très bien, dit-il simplement au bout de quelques minutes en hochant la tête. Très bien.

Il parlait avec application, à la façon d'un figurant qui aurait retenu péniblement les deux seuls mots de son rôle.

C'est du reste ce sentiment que nous éprouvions d'une façon générale : celui d'une vaste répétition, d'un cauchemar infiniment lent dans lequel Henriette et moi nous nous trouvions englués.

Foppa nous fit signe de le suivre.

L'hôpital de Salò, décidément, semblait avoir été évacué de ses occupants : couloirs déserts, chambres vides ou verrouillées, personne. Comme si nous retrouvions notre vieux palace débarrassé de ses pensionnaires.

Le service de radiologie se trouvait situé l'étage en dessous. Les plafonds étaient déjà un peu plus hauts. Le cauchemar prenait de l'ampleur.

Un médecin sortit d'un bureau aux cloisons en vitrage dépoli. Foppa lui tendit l'ordonnance qu'il avait rédigée. Ils engagèrent une brève conversation en italien. Puis Foppa remonta aussi rapidement à son service — vers quels malades ? — en nous gratifiant d'un simple signe de tête.

Le radiologue parlait un peu le français et se forçait, vis-à-vis d'Henriette, à cette jovialité horripilante des médecins qui se croient tenus de dissiper une angoisse qu'ils font naître eux-mêmes par leur volonté de la cacher.

— Une extinction de voix, ah ! ah ! ah !... mais une jolie femme n'a pas besoin de parler, juste de sourire. Je sais, je sais, il faut pouvoir dire non. Ah ! ah ! ah !

Plus ridicule qu'odieux, il étalait son français comme l'on arbore ses décorations — et nous n'avions pas le cœur à répondre un seul mot.

Tout en parlant, il nous entraîna le long d'un couloir de chaque côté duquel se distribuaient les chambres. Il s'arrêta au hasard devant un numéro, ouvrit la porte.

— Je vous en prie.

Il fit signe à Henriette d'entrer.

Devant elle, il y avait une petite cabine avec un banc, une double patère et une deuxième porte qui ouvrait sans doute sur la salle de radiologie.

— Retirez votre collier, votre chemisier, lui dit-il, je vous retrouve de l'autre côté.

Il referma la porte, laissant Henriette dans son vestiaire : cette minuscule salle de communication entre le monde de la santé et celui de la maladie.

— Venez, ajouta-t-il à mon intention.

Il me conduisit à la salle de radiologie, en faisant le détour par le bout du couloir.

C'était une pièce très vaste, peuplée d'appareils articulés

laqués blancs, d'écrans cathodiques et de pupitres de manœuvre.

— La salle de torture, dit-il en riant de plus belle. Mais ce sont des tortures qui ne font pas mal, du moins on le croit, ah ! ah ! ah !

Toujours cette jovialité crispante.

La vue plongeait sur le lac. Je reconnaissais tout au fond, derrière l'écran des cyprès, le cimetière de poupées et le clignotement de ses tombes. Champ-contrechamp du regard, dédoublement de la personnalité : ici et ailleurs, maintenant et autrefois...

Le médecin m'oubliait. Il avait cessé de rire. Il enfilait une blouse blanche. Puis il ouvrit de ce côté-ci la porte du vestiaire pour introduire Henriette — Henriette éblouie par la réverbération du soleil et qui me rejoignit près de la baie vitrée.

— Tu reconnais ? lui dis-je.

Il régnait ici une chaleur suffocante. Le médecin-radiologue transpirait lourdement, derrière nous. On l'entendait respirer avec un bruit de forge, tandis qu'il connectait ses instruments, tournait des boutons, surveillait des manomètres, manipulait des plaques radiographiques, branchait un écran cathodique...

Et en face, de l'autre côté du golfe, il y avait le rideau effrangé des cyprès, les tombes bleutées par l'ombre et la fraîcheur — ce domaine immobile et serein d'Adélaïde Belgioso.

— D'ici, on distingue à peine l'île, remarquai-je. Elle est encore cachée en partie par la pointe de San Fermo.

— On voit bien mieux le cimetière en face...

Henriette chuchotait sans emphase, avec la résignation paisible de ceux qui sont déjà passés de l'autre côté. Pour qui aucun recours n'est désormais possible...

— C'est le domaine d'Adélaïde Belgioso, ce n'est pas le nôtre, dis-je simplement...

Le médecin releva la tête. Il était prêt. Les machines en

place, il n'avait plus qu'à opérer. Henriette lui était livrée, si vulnérable, si bâillonnée !

Il la fit monter sur une sorte d'échafaud, lui demandant de coller sa joue contre une plaque d'acier.

— Ne bougeons pas, ne bougeons pas, cria-t-il.

Il revint vers son pupitre de commande. Il appuya sur une manette et alors, l'espace d'une seconde, surgit sur un écran de télévision, que j'avais à peine remarqué jusque-là, l'image radiographique d'Henriette : le cou, la mâchoire, les omoplates, le squelette — image laiteuse comme si le mort et le vivant se superposaient d'un seul coup, se dédoublaient en une terrifiante prémonition. Je songeais à l'ossuaire de Solferino...

Dans son hôpital désert, il semblait le seul vivant, ce radiologue qui s'agitait, qui souriait, qui ruisselait de sueur et répétait sans cesse :

— Ne bougeons pas, ne bougeons pas.

Henriette, par bonheur, n'avait pu apercevoir l'image sur l'écran : sa tête de mort à elle. Elle lui tournait le dos.

Tout alla ensuite très vite.

Il en est ainsi des exécutions : la lenteur cérémonieuse convient aux préparatifs. Le sacrifice proprement dit, le tranchant aigu du présent se révèle inappréciable.

— C'est bien, c'est bien, répéta encore le médecin. De l'autre côté maintenant, voilà, c'est bien, c'est bien... C'est fini !...

Henriette redescendit de l'échafaud, libre de ses mouvements. Il ne s'était rien passé en somme. Un sursis.

11. Comme un papillon amoureux

Et comme chaque fois que nous retournions à Paderna, que nous franchissions le seuil du palazzo, que la gardienne en noir venait refermer le portail derrière nous, que Metastasio se mettait à aboyer, nous avions la gorge serrée — et nous n'aurions su dire si c'était de peur, de soulagement, d'espoir, un sentiment de claustrophobie ou au contraire d'élargissement, de répit, la tristesse délicieuse des happy-ends inespérés ou la certitude d'une fin tragique. De toute façon, nous étions bel et bien pris en charge. Non pas libérés de notre peur — cette peur qui habitait maintenant Henriette et la rongerait jusqu'au verdict, jusqu'au résultat des radios, dans un jour, deux jours, trois peut-être, elle ne savait pas, on ne nous avait rien précisé à l'hôpital, cette peur silencieuse et qui fait honte, la plus honteuse des maladies sans doute — mais du moins cette peur, comment dire, se dilatait, se diffusait, se reflétait dans ce décor de pure beauté et de pure angoisse dans lequel nous nous étions enfermés, cette peur aussi était prise en charge, le palazzo la confirmait, la démultipliait en nous allégeant d'une partie de son poids...

C'est curieux, depuis des pages et des pages que je m'efforce de parler de Giuseppe, de ses fantômes, de ses découvertes, de retrouver les souvenirs décolorés de cet été 1976 en Lombardie, d'évoquer aussi le palazzo Pedrotti en lisière du village de Paderna, avec ses hautes colonnes et ses balcons de pierre et ses fenêtres aveugles et ses corniches effritées, ce palazzo si triste, si inhumain, contemplé de la rue, hors de proportion avec le village, cette trop vaste demeure inhabitée, comme un géant aveugle venu d'un autre siècle, d'un autre monde, qui se serait planté là, à quelques mètres à peine d'une petite église, d'une mairie, d'une pharmacie, et verrait circuler à ses pieds des paysans qui pilotent des tracteurs poussifs, des ouvriers agricoles en vespas et des vieilles femmes vêtues de deuil — et rien de tout cela n'aurait pu troubler son indifférence —, ce palazzo qui se métamorphosait, changeait du tout au tout dès que l'on franchissait son porche et qu'on l'admirait en se retournant, depuis le jardin, alors, à ce moment-là il redevenait aimable, ses fenêtres s'ouvraient, ses volets ne s'écaillaient plus, le soleil faisait chanter le crépi blanc de ses murs, ses pilastres corinthiens rythmaient la galerie du premier étage, ses balcons avaient l'élégance contournée du fer forgé, tout n'était que décrochements, surprises, fantaisies, grâce, élégance, sourire, et pourtant... A mesure que je m'efforce de parler de Giuseppe et du palazzo, je perçois à quel point ils m'échappent : notre ami et sa demeure miroitaient, tournaient avec le vent, irradiaient sous le soleil, s'assombrissaient au premier nuage, Giuseppe vibrait comme une harpe éolienne, il vivait à fleur d'émotion, secret et ondoyant comme un chat, son caractère le marquait bien moins que ses états d'âme — et comment attraper des états d'âme, les immobiliser une fois pour toutes, surtout en cet été 1976 où il ne savait plus très bien lui-même où il en était, alors que le passé le rappelait à l'ordre de la façon la plus violente qui soit avec la découverte du manuscrit Rossini, et que le présent le prenait à la gorge, se parait des traits énergiquement séduisants d'une jeune femme libraire corso Zanardelli à Brescia, qui s'appelait aussi Belgioso ? Et le palazzo, comme un paysage romantique, était bien un état d'âme, oui — et au fur et à mesure que nous nous y laissions vivre et bercer, ce palazzo girouette vibrait pour nous de toutes nos frayeurs, de nos nostalgies, de nos enchantements, ce palazzo devenait un gigantesque cocon protecteur et consolant qui nous approuvait, qui nous disait : oui, vous avez raison de penser à la mort, oui vous avez raison de rêver théâtre, Rossini, oui tout n'est qu'élégance, larmes feintes, paillettes, oui tout est crépusculaire, abandon, solitude... Du palazzo émanait la plainte sourde des violoncelles, ses accords lents, soutenus, au moment où Tancrède expire dans les bras d'Aménaïde la bien-aimée, ce finale tragique, si tragique, réinventé par un Pedrotti, mais comme il était agréable alors de pleurer !... Nous revenions de Paderna, Henriette noyée de peur, et le palazzo Pedrotti nous confirmait aussi cette peur, et de la voir développée, agrandie au rang d'une demeure patricienne de la plaine lombarde, élevée au XVIIIe siècle par un comte Pedrotti qui avait fait fortune comme fabricant d'armes je crois, alors nous ne nous sentions plus seuls : ce palazzo si anachronique, à l'élégance si trouble, qui finirait par s'écrouler peut-être dans un murmure comme Tancrède tout à la fin, la dernière mesure, un souffle que ne soutient même plus le bruissement des cordes, et l'opéra seria mourait et le XVIIIe siècle aussi, ce palazzo donc si anachronique reprenait cette peur et nous ménageait un tendre répit dénué cependant d'inutiles illusions...

Quand nous entrâmes au salon, la tante Carlotta leva les yeux de son ouvrage de broderie et se contenta de regarder Henriette, de la deviner. Elle était d'une génération qui ne jugeait pas convenable de parler des misères du corps, qui élevait la pudeur au rang d'une morale, le silence au rang d'une ascèse, qui exprimait son affection ou sa compassion dans les creux de la conversation, par un geste timide, un regard plus ému, bref, toujours derrière le voile de la vie sociale, elle était d'une génération qui brodait en somme toute sa vie au point d'ombre. Henriette soutint son regard, sourit faiblement, la tante Carlotta reprit son ouvrage de broderie et ne se permit aucune question directe. Un peu plus tard, elle nous désigna le *Giornale di Brescia,* devant elle, sur une table basse.

— Cela n'aura plus de fin, soupira-t-elle ; et elle nous tendit le journal.

De nouveaux attentats avaient endeuillé Brescia, et ils barraient à l'encre noire la première page. Trois magasins avaient été soufflés par des explosions sur la piazza della Loggia, le juge Matteoli avait été abattu d'une balle dans la nuque, alors qu'il regagnait son domicile, via Tosio, et cette exécution n'avait pas encore été revendiquée.

— A qui se fier ? ajouta-t-elle bizarrement, comme si elle soupçonnait désormais la terre entière, comme si elle voyait déjà s'embusquer au détour de chaque corridor du palazzo un tueur des Brigades rouges, comme si les réveille-matin qui tictaquaient dans les cuisines masquaient des bombes à retardement. A qui se fier ? répéta-t-elle en nous prenant à témoin, comme si nous détenions la réponse ou plus exactement comme si personne ne détenait la réponse et qu'elle n'avait d'autre ressource que de nous poser la question à nous, des étrangers, les derniers à savoir...

Et bien entendu nous restâmes muets, nous ne savions pas à qui nous fier, nous qui déjà hésitions sur la qualité des diagnostics du médecin ORL de l'hôpital de Salò...

Elle soupira profondément, une fois de plus, et reprit son ouvrage de broderie. Mieux valait ne plus penser à tout cela, mieux valait s'enfouir dans une douce et gentille amnésie, tirer des fils de couleurs derrière la trame de son voile d'organdi, ombrer de vert les pétales de la fleur qui décorait en coin le futur napperon, chasser de son esprit ces horreurs qui s'appelaient Brescia, la grande ville, la police et les terroristes, ces entités abstraites, ces symboles menaçants des désordres de la vie moderne...

Giuseppe venu nous rejoindre sur la pointe des pieds ne rêvait de son côté qu'à son excursion du lendemain soir qu'il ne put résister une minute à nous raconter. Voilà, il s'agissait du concert annuel donné au village de Puegnago, sur les hauteurs du lac de Garde par un orchestre amateur de Brescia où le père de Lisa Belgioso était deuxième violon. Il y accompagnerait Lisa, nous devions nous joindre à eux, nous passerions prendre Lisa à Brescia, il le souhaitait tellement, pourquoi refuser ? Nous n'avions pas la force de refuser quoi que ce soit. Nous attendions le résultat des radios et plus rien ne comptait, et nous étions prêts à nous laisser traîner, entraîner, attraper, égayer, égarer et distraire...

Ah ! pourquoi Adélaïde avait-elle fui maintenant le palazzo ? Où se cachait-elle ? Même son beau médaillon, je ne le voyais plus, je ne parvenais plus à fixer mon regard sur lui, je n'arrivais plus à donner vie à ce sourire mélancolique et chavirant, à faire glisser des ombres de coquetterie sur son visage si pâle où ses cheveux noirs en bandeaux me faisaient penser à un rideau de théâtre — un rideau qui se lèverait sur son front bombé — son front pâle, sa peau si blanche, son teint de lait, oh non, par bonheur, rien à voir avec cette vulgarité désolante du bronzage, ce conformisme accablant, ce refuge cuivré des peaux malades, boutonneuses ou parcheminées ! Non, le front d'Adélaïde était pâle, beauté préservée des morsures du soleil imbécile, perfection diaphane qui s'épanouissait à l'ombre... Mais Adélaïde la parfaite, je ne la voyais plus hélas ! Encore une fois, nous nous enfermions dans nos idées fixes, nos chimères, nos peurs plus ou moins minuscules, et le palazzo Pedrotti, équitable, répondait à nos idées fixes, à nos chimères et à nos peurs, il résonnait pour Giuseppe d'une sensualité musicale et trouble, d'une promesse encore mal définie, il prenait pour la comtesse Carlotta Amalfieri l'aspect inquiétant d'un territoire miné par le désordre, tandis que son élégance morbide nous parlait indifféremment de maladies et de morts...

Giuseppe consulta bien dix fois sa montre, entre Paderna et Brescia. Vingt kilomètres à peine nous séparaient de Lisa, je conduisais lentement sur des routes désertes, car qui aurait songé à circuler dans Brescia et sa banlieue un week-end du 15 août ? Il n'était pas dix-neuf heures, rien ne nous pressait sinon l'impatience de Giuseppe assis à l'arrière, et l'air était poisseux. Brescia exhalait des relents de crasse, de goudron et d'essence ; des vieux journaux et des papiers gras collaient à l'asphalte ; les magasins de luxe du corso Zanardelli avaient tiré leurs grilles ; un café-pâtisserie, au coin de la via Gramsci, était resté ouvert, et je crus apercevoir deux ou trois silhouettes immobiles debout au comptoir, des travailleurs immigrés sans doute, des Siciliens ou des Yougoslaves. Enfin je débouchais sur la piazza della Loggia, vide elle aussi. Une voiture de police stationnait près du kiosque à journaux, un agent faisait les cent pas sous les arcades, les devantures d'un groupe de boutiques étaient protégées par des planches hâtivement clouées en travers, les victimes des récentes explosions selon toute vraisemblance — et rien d'autre à signaler. Aucun touriste à l'horizon, puisque les guides ne parlent guère de Brescia et que les circuits organisés l'évitent, lui préférant Bergame, Crémone, Mantoue ou Vérone beaucoup plus prestigieuses... (A la même heure, les plages de l'Adriatique se gangrenaient encore de milliers de vacanciers, les campings du lac de Garde affichaient complet, plus de pancartes « Zimmer frei » aux fenêtres des bicoques les plus délabrées, et les maires des communes de Salò, Desenzano et Gardone prenaient la décision d'interdire le lendemain les baignades pour cause de pollution.) Giuseppe me conseilla de me garer sur la place, Lisa habitait à quelques mètres. Les sept heures sonnèrent à la tour de l'horloge, l'agent de ronde releva la tête puis regarda sa montre, il bâilla et retourna vers la voiture de police. Au café-pâtisserie de la via Gramsci, un peu plus loin, les Siciliens ne devaient toujours pas bouger. Giuseppe, avec une souplesse inhabituelle, sut s'extraire de la voiture. Henriette sortit plus pensivement, loin de Paderna elle ne se sentait plus prise en charge, sa peur battait la chamade...

— Vous entendez ? nous cria Lisa Belgioso avec un clair sourire.

Elle se tenait sur le perron, tout en haut d'un escalier étroit et raide qui menait à son appartement, au premier étage d'une petite maison de la via dei Musei, juste derrière la piazza della Loggia.

— Vous entendez ? répéta-t-elle.

En effet les premières mesures de l'ouverture du *Barbier de Séville* se glissaient par la porte entrouverte et ruisselaient dans l'escalier, à notre rencontre. Elle était tout heureuse de son entrée en matière, Lisa, elle s'illuminait d'une simple gaieté sensuelle, elle vibrait avec les crescendi rossiniens, sans malice, sans mystère, oh non ! mais son sourire franc comme l'or et sa bouche un peu épaisse et ses lourds cheveux châtains prenaient la musique comme on prend la lumière, elle s'ébrouait et répétait : vous entendez ? non pour souligner sa parenté avec Adélaïde Belgioso la sublime, la diaphane, grand Dieu non, mais au contraire pour proclamer sa singularité à elle, Lisa, avec son corps déjà un peu alourdi comme celui d'une star de Cinecittà cinq ans après ses premiers succès, son visage si bronzé, si plein, son regard rieur que seul le maquillage ombrait sans tragique... Puis elle s'effaça pour nous laisser entrer.

L'intérieur de son appartement était clair, précieux, exigu : une bonbonnière. Les murs s'étoilaient d'une bonne dizaine de gravures romantiques de Brescia et des environs, et l'on se sentait devenir bonbon.

— C'est curieux..., fit Giuseppe pitoyable de raideur, de maladresse, avec ses yeux verts profondément renfoncés dans leurs orbites et sa respiration qu'il tardait à retrouver, ... c'est curieux, Adélaïde Belgioso n'a jamais joué Rosine et je me demande pourquoi.

D'une pirouette, Lisa referma la porte, nous dépassa, alla jusqu'au pick-up contre le mur et baissa un peu le niveau sonore. Elle était vêtue d'un jean moulant décoloré et d'une grande blouse de toile écrue qui flottait autour de ses hanches. Elle aurait mieux fait de passer le disque de *la Bohême* plutôt que celui du *Barbier*, il ne lui manquait qu'une palette pour compléter sa panoplie de peintre d'opérette. Attendrissante Lisa qui multipliait les déguisements : gitane, chinoise, exploratrice, artiste-peintre, qui ne semblait exister que par ses parures, ses pelures qu'elle retirait une à la fois, et sans doute, derrière, il n'y avait rien sinon d'autres masques, d'autres reflets, d'autres maquillages, elle n'était que cela : un sourire comme un soleil, un visage rebondi, des yeux rieurs et vides, car comment aurait-on sinon le cœur à rire ? Sur une table basse, devant nous, était posée une petite jatte en terre cuite d'où s'élançaient graciles, trois brins de freezias, deux roses semblables à des choux, aux pétales jaunes effrangés de rose, des cosmos et des pois de senteur. Machinalement, Lisa se pencha vers le bouquet, respira l'odeur des freezias qui embaumaient déjà la pièce, cette odeur légère et entêtante et délicatement sucrée, et ensuite elle se redressa et nous pria de nous asseoir — mais Lisa elle-même n'avait peut-être pas plus d'existence, de poids, en dépit des apparences, de son visage cuivré, de sa lourde poitrine, que ce parfum bouleversant des freezias qui rôdait autour de nous et auquel il était difficile de ne pas succomber...

— Adélaïde fut plus tard une virevoltante Italienne à

Alger, elle chanta dans *Elisabetta* et *la Dame du lac* mais jamais, non, jamais elle ne fut la Rosine du *Barbier de Séville,* insista Giuseppe en se passant la main dans les cheveux, de son geste désormais familier.

Mais il aurait pu énumérer tous les opéras de Rossini, les célèbres et les oubliés, personne n'aurait songé à l'interrompre. Lisa avait filé dans la cuisine pour remplir son seau à glaçons, Henriette s'était approchée de la fenêtre, une manie, dès qu'elle arrivait quelque part, il lui fallait repérer les échappées, s'assurer d'une fuite possible en cas d'incendie, de tremblement de terre, de bombardement, qui sait ? De mon côté, j'examinais les disques de Lisa : *Le Barbier de Séville* était son seul opéra, peut-être acheté la veille pour retenir Giuseppe, trouver un préambule, un terrain d'entente, *Le Barbier de Séville* dans la version dirigée par Claudio Abbado avec Teresa Berganza et Hermann Prey...

Henriette revint vers le centre de la pièce et finit par s'asseoir sur l'accoudoir de mon fauteuil, elle n'accepta qu'un verre d'eau, elle avait toujours autant de mal à déglutir, à respirer.

— Non, non, sans glaçon, dit-elle à Lisa.

Elle but une demi-gorgée et reposa son verre. Elle ne bougeait plus, les yeux dans le vague, à attendre, à mesurer les progrès de son mal et de sa peur, et un peu plus tard elle se passa la main, une caresse, sur son cou et son larynx.

— J'ai une boule là, je ne peux plus avaler, me dit-elle en chuchotant.

— Où là ?

— Je ne sais pas, là peut-être... (Elle me désignait sa pomme d'Adam.) Rien ne passe plus.

La première face du *Barbier* s'achevait sur le grand air de Figaro, et Lisa ne songea pas, Dieu merci, à retourner le disque. Ah, ce cauchemar de la musique d'ambiance !

— Regarde Giuseppe, dis-je tout bas à Henriette pour la distraire, changer de sujet...

Giuseppe qui se jetait maintenant à l'eau avec l'impertinence des timides, qui plaisantait, prenait ses aises, riait très fort, nul ne savait pourquoi, qui accepta un whisky bien tassé. Lisa commençait à le tenir à sa merci... Mais de nouveau Henriette s'assombrit.

— Mais non, tu n'as pas de boule, lui dis-je encore à mi-voix.

Elle ne répondit pas, elle devinait mon impatience, je lui pris la main, elle déglutit avec peine et se dégagea.

— Là, fit-elle simplement en désignant toujours sa pomme d'Adam.

— Là, tout le monde a une boule ; et je haussai gentiment les épaules.

— Tu verras.

Elle posa son verre sur la table basse, à côté du bouquet aux freezias à l'odeur chavirante. Pauvre, pauvre Henriette à la voix cassée, nouée par sa peur, et si isolée, si enfermée ! Je ne pouvais plus rien faire, je me levai et me dirigeai vers la fenêtre. Le soir tombait, le ciel devenait d'un bleu d'opéra. L'appartement de Lisa plongeait sur le jardin du Musée des antiquités romaines et j'aperçus sur la gauche les ruines d'un ancien temple dont les pierres couleur de miel semblaient gorgées de tous les rayons du soleil accumulés pendant le jour. Avec ses colonnes effondrées, ses fragments de mosaïque et ses chapiteaux de marbre, ce paysage protégé des rumeurs de la ville par la rangée des maisons basses de la via dei Musei avait quelque chose de désolé et de serein. J'entendis Giuseppe rire derrière moi — et son rire me parut celui d'un étranger, comme s'il s'était désolidarisé des chats de plomb, des bas-reliefs et des statues. Oh, comme il était loin de lui désormais le bonheur des pierres ! C'est moi qui subissais cette tentation minérale de la fuite, loin des explosions de plastic sur la piazza della Loggia, des rondes des carabinieri, des tentatives trop faciles de séduction, des tumeurs cancéreuses mal diagnostiquées dans des hôpitaux délabrés de villes d'eaux d'un autre siècle, loin des assassinats de magistrats à la porte de leur demeure, loin de tout sauf des cantatrices à la peau blanche et aux yeux noirs, la part du rêve et de l'amnésie...

Je retournai enfin vers le milieu du salon et croisai Giuseppe, tout joyeux, qui se levait d'un bond pour retourner le disque du *Barbier.* Lisa avait disposé des assiettes de petits sandwiches sur un guéridon et la table basse, mais Henriette ne touchait à rien... Giuseppe posa le bras du pick-up au milieu du disque, et il y eut d'affreux grincements dans les haut-parleurs. Lisa ne tressaillit pas, ne fit aucune remarque désobligeante, elle laissa Giuseppe rayer son unique enregistrement de Rossini sans réagir, elle était parfaite d'éducation et de sang-froid... Elle fila dans la cuisine pour ramener d'autres plateaux.

— Il faut prendre des forces, nous dit-elle avec cette nuance de vulgarité péremptoire qui ne l'abandonnait jamais complètement. Vous ne savez pas à quoi vous vous attendez ce soir !

Giuseppe ne semblait guère affecté par cette vulgarité-là, il ne se rendait pas compte que les bijoux de Lisa s'entrechoquaient avec un peu trop de force, que son maquillage excessif jurait avec son jean, ses sandales de toile et sa blouse de peintre. Au moment de nous tendre une assiette, Giuseppe s'interrompit brusquement, nous fit signe de nous taire...

— « Una voce poco fa... »

L'air de Rosine... Giuseppe se mit à fredonner avec Teresa Berganza, allant jusqu'à couvrir la voix de la cantatrice. Lisa s'enhardit et vint chanter à l'unisson, enfin, à l'unisson, une façon de parler ! Ils s'élancèrent bientôt, sans craindre le ridicule, au-delà du ridicule, chantant à tue-tête, puis ils s'arrêtèrent brusquement, essoufflés, pleurant de rire, Lisa s'affala sur le canapé, contre Giuseppe, elle prit un biscuit qu'elle mâchonna rêveusement, se laissant aller en arrière, et de l'un de ses bras étendus, elle frôla le cou de Giuseppe.

— C'est curieux, dit encore celui-ci, Adélaïde aurait dû en effet chanter mille fois Rosine. Dommage...

Lisa soupira.

— Rosine, répéta-t-elle à mi-voix, Rosine, Rosine, Rosine... (Puis s'enhardissant :) Rosine, Ro-osine, Ro-osiine, Roooosiiiine...

Elle aurait bien voulu escalader plusieurs octaves, mais son crescendo buta sur un couac et une cascade de rire.

— Rosine, conclut Giuseppe, sentencieux.

Lisa, de nouveau à la renverse, ferma les yeux. Elle effleura encore Giuseppe de sa main tendue, le regarda avec tendresse. Mais lui ne s'en rendait peut-être pas compte, il ne disait rien. Ou il s'en rendait compte et il ne voulait pas le laisser paraître.

Nous quittâmes l'appartement vers neuf heures, Lisa refusa de monter avec nous, elle tenait à conduire sa petite Fiat 500 blanche — pour ne pas nous déranger au retour, prétendit-elle. Giuseppe s'offrit à l'accompagner, elle accepta bien entendu.

Il nous fallut trois quarts d'heure environ pour atteindre Puegnago, d'abord par la grande route de Brescia à Vérone, surchargée de camions, avec ses banlieues interminables, ses terrains vagues, ses usines et ses supermarchés gris de poussière, puis, au bout d'une dizaine de kilomètres, en tournant sur la gauche pour couper vers les collines du sud-ouest du lac de Garde.

Nous traversâmes de minuscules villages — Cavalgese, Polpenazze — ceinturés de vignes et d'oliviers, et suffisamment à l'écart du lac pour avoir été épargnés par cette acné des résidences secondaires. Après Polpenazze, la route se mit à tourner, dominant le rocher de Manerba. Des rangées de cyprès nous accompagnaient sur quelques centaines de mètres, des maisons isolées surgissaient comme des apparitions et je ne perdais pas de vue la petite Fiat 500 blanche que Lisa pilotait avec de brusques et peu compréhensibles accélérations. Parfois je distinguais les deux silhouettes de Lisa et Giuseppe, en contre-jour, lorsqu'une voiture nous croisait, qui nous aveuglait de ses pleins phares. Lisa parlait avec de grands gestes des bras en se penchant vers son passager. Giuseppe, plus raide, tournait à peine la tête vers elle. Je le devinais docile, comme s'il retournait en enfance. Il renonçait à toute responsabilité, il se laissait conduire, entraîner vers il ne savait quel naufrage, mais loin de Paderna en tout cas, loin de son passé, de sa mémoire, de ses refuges. Il s'abandonnait à la séduction autoritaire et maternelle de Lisa, et il ne soufflait mot... Une Belgioso et un Pedrotti partaient donc en voyage, une Belgioso enlevait donc encore un Pedrotti ! Non, Giuseppe n'était pas tout à fait dupe et victime de cette fatalité, je pense au contraire qu'il avait désiré sa rencontre de ce soir avec Lisa, le hasard n'avait cessé de lui faire des signes depuis le début de notre séjour, il avait répondu au hasard, il avait cligné de l'œil à ses ancêtres. Sûrement Giuseppe désirait Lisa et il ne tarderait pas, sauf maladresse excessive, à faire l'amour avec elle. L'épouser, bien sûr, elle le désirait maintenant, lui n'y pensait sans doute pas encore ou il refusait d'envisager cette extrémité... Non, Giuseppe n'était pas dupe, mais cette rencontre maintenant lui échappait : il suffisait de l'apercevoir à deux cents mètres à peine devant nous, bien raide, bien secoué dans la petite voiture, il ne contrôlait plus rien, il s'efforçait de rester droit et c'est tout...

La route descendait par deux derniers lacets vers le petit village de Puegnago niché à mi-pente d'un cirque de collines. On se gara tant bien que mal, une voiture derrière l'autre, dans une rue latérale qui plongeait vers la place où le concert devait se tenir... Une brise du nord s'était levée, réfrigérante. Par bonheur, Lisa trouva dans son coffre un anorak et un vieux chandail qu'elle gardait toujours en secours, quand elle partait en excursion dans les Dolomites, nous expliqua-t-elle. Ils étaient maculés de goudron, troués aux manches, aucune importance ! Elle prêta le chandail à Henriette, enfila l'anorak. Puis on courut à petites foulées vers la place.

Des bancs et des chaises se trouvaient disposés sur une trentaine de rangs (à gauche s'alignaient des baraques de bois où l'on servait des jus de fruit et du vin), et une bonne centaine de spectateurs avaient déjà gagné leurs sièges : des gens du village, le curé et un vicaire, des amis et des parents des musiciens, des touristes de la région. L'entrée était libre, mais de nombreuses places restaient disponibles, surtout dans les premiers rangs. Les fidèles osent rarement s'approcher de l'autel.

De l'autre côté de la route, sur le parvis de l'église, s'agitait un groupe d'enfants de treize à seize ans. Ils criaient, s'apostrophaient, se poursuivaient et lançaient des pétards. Leurs rires cognaient contre la façade de l'église et revenaient, amplifiés, parmi les spectateurs.

Dans son gros chandail bleu marine, Henriette avait l'air égaré et grelottant d'une rescapée d'on ne sait quel naufrage.

— Tu as froid ? me demanda-t-elle comme pour se justifier.

— Non.

— Tu n'as pas froid ?

— Non.

Elle regarda derrière l'église et la colline qui la dominait.

— Il y a Salò de l'autre côté, dit-elle.

— Et devant, le lac de Garde et tout à fait à gauche on devine l'isola, tu vois ?

Henriette tremblait de froid, je la serrais dans mes bras, Giuseppe regarda Lisa, mais elle ne tremblait pas de froid... Le concert commença vers dix heures... Le maire de Puegnago monta sur l'estrade, remercia ses concitoyens d'être venus si nombreux, remercia le Comité des fêtes, remercia le curé d'avoir prêté les bancs, remercia le chef d'orchestre, les musiciens et les chanteurs, remercia enfin le temps d'être si clément... Les buvettes latérales se vidèrent de leurs derniers consommateurs. Un présentateur en smoking bleu clair à paillettes succéda au maire derrière le micro, il présenta les trois chanteurs : un baryton-basse aux tempes argentées, une soprano outrageusement maquillée, dans une robe de flamenco, et un ténor aussi corpulent qu'elle.

— Maestro, musique !

L'orchestre amateur de Brescia massacra l'ouverture du *Barbier de Séville* pour commencer ; le baryton bondit tout de suite après sur la scène pour interpréter le premier grand air de Dulcamara : « Udite, udite, o rustici... » dans *l'Elixir d'amour* de Donizetti. Il avait du métier à défaut de voix et mimait comiquement la roublardise du charlatan qui vend ses potions magiques aux paysans trop crédules. Il recueillit un franc succès. Giuseppe applaudit à tout rompre.

— Mieux qu'à Vérone ! nous cria-t-il.

Il n'avait jamais mis les pieds aux arènes de Vérone où les snobs, les oisifs et les faux mélomanes se bousculaient l'été par dizaines de milliers pour ne rien entendre à des superproductions lyriques régulièrement interrompues par la pluie.

— Oui, oui, bien mieux qu'à Vérone, répétai-je ; moi qui n'y avais jamais mi les pieds non plus.

Lisa ne nous écoutait pas, Lisa, depuis le début du concert voulait à tout prix découvrir son père parmi les musiciens de l'orchestre. Après l'air de *l'Élixir d'amour*, elle osa se lever et grimpa sur le banc, elle agita un mouchoir de la main, comme on salue depuis le quai un navire en partance, mais son père, à bord, était déjà pris par la routine de la traversée, je ne crois pas qu'il l'aperçut. Embarqué avec sa musique, son violon à la main, il n'avait d'yeux que pour le capitaine-chef d'orchestre. Lisa revint à notre niveau, assez dépitée.

— C'est lui le second violon, derrière le barbu, maugréa-t-elle.

On ne vit rien, et le concert se poursuivit.

Le ténor et la soprano se cantonnèrent prudemment dans un répertoire d'opérette. Ils firent un triomphe avec la valse de *la Veuve joyeuse.* Le monsieur loyal en paillettes qui revenait entre chaque numéro prononçait « la vidova allegra » avec d'extravagants accents toniques — ce qui arracha même un sourire à Henriette.

Bientôt la lune se leva au-dessus du lac, le vent du nord redoubla, des partitions mal retenues à leurs pupitres par des pinces à linge s'envolèrent, il y eut des couacs, le concert fut interrompu. Les spectateurs restèrent très dignes. Au premier rang, le curé de Puegnago se tortillait sur sa chaise et commençait à prendre froid ; il profita de l'interruption pour jeter des regards anxieux du côté de son église, là où pétaradaient les vélomoteurs, comme si les jeunes voyous qui les pilotaient risquaient de dynamiter la maison de Dieu en son absence.

A l'entracte, Lisa nous planta là sans un mot d'explication et disparut vers l'estrade, se faufilant entre les groupes. Nous nous dirigeâmes, Henriette, Giuseppe et moi, vers les buvettes. J'achetai une bouteille de vin rosé — du chiaretto — et trois gobelets en carton, Henriette n'avait pas soif, nous revînmes lentement à nos places, Lisa nous attendait, elle avait enfin vu son père, elle l'avait embrassé et elle était toute à nous désormais, ou toute à Giuseppe. Elle but d'affilée deux gobelets de chiaretto, la vie était belle, les pourtours du lac clignotaient de milliers de lumières, la pointe de Sirmione se détachait à droite comme une ligne sombre festonnée d'or, la lune déchirait le lac en deux de son sillage d'argent, bref les clichés habituels, toutes les chances !

Après l'entracte, l'assistance se réduisit aux mélomanes bien couverts et aux parents les plus fidèles qui se regroupèrent dans les premiers rangs pour encourager les musiciens et se réchauffer... Le baryton poivre et sel (plus sel que poivre) interpréta l'air de Figaro « non piu andrai, farfallone amoroso » (tu n'iras plus, gros papillon amoureux). Il jouait bien, il imitait le papillon et Giuseppe tapait du pied en mesure, Lisa applaudissait à tout rompre et, entre deux morceaux, se resservait un gobelet de chiaretto, elle n'avait pas froid, elle gardait la bouteille coincée entre ses genoux...

Les jeunes en vélomoteur avaient déserté la place de l'église, le curé avait filé en douce, le maire, toujours au premier rang, bâilla et mit poliment sa main devant la bouche... Haute dans le ciel, la lune faisait apparaître l'isola comme une virgule blonde sur la surface miroitante du lac, et l'on distinguait les superstructures de l'horrible bâtisse néo-gothique élevée à son extrémité orientale, et que je désignai à Giuseppe, le bras tendu.

— Adélaïde, où est-elle ?

Il se rembrunit et ne répondit rien, tandis que Lisa lui jetait un regard en coin, Lisa qui irradiait de santé, et son bronzage, dans la pénombre, la faisait paraître plus noire encore. Ses lèvres soulignées d'un rouge luisant avaient la séduction d'une fleur carnivore. Bientôt elle dévorerait Giuseppe. Il finirait par se brûler les ailes, par s'engloutir en elle, c'était lui le papillon amoureux, Giuseppe, le « farfallone amoroso ». Un papillon amoureux, cela fait un peu ridicule, Giuseppe était un peu ridicule.

Lisa maintenant ne tenait plus en place, elle s'agitait sur son banc, et quand elle ne surveillait pas Giuseppe, elle dévisageait les musiciens, elle contemplait le ciel et la lune, soupirait, bâillait, interrogeait sa montre, riait entre ses dents, se retournait, inspectait la buvette, attendait, relaçait ses sandales, saisissait Giuseppe par le bras, riait encore, admirait le clocher roman de l'église, surveillait les reflets de la lune sur l'eau noire du lac, faisait jouer ses bracelets, ramenait d'un geste de la tête ses cheveux châtains derrière la nuque, applaudissait avec un enthousiasme feint entre chaque morceau...

— C'est bientôt fini, dis-je à Henriette.

Et pour toute réponse, elle frissonna et se pelotonna contre moi...

Mais le ténor et la soprano ne quittaient plus la scène, ils attaquaient maintenant des chansons napolitaines, c'était trop, et les spectateurs frigorifiés désertaient par paquets entiers...

Tout se passa ensuite très vite : il y eut une dernière chanson, pas de bis, des hourras convulsifs pour faire circuler le sang, les projecteurs se rallumèrent, minuit et demi, et en quelques secondes la place du concert se retrouva déserte... Lisa, en partant, venait d'adresser un grand salut à son père, silhouette perdue parmi les musiciens amateurs engoncés dans leurs smokings d'occasion et leurs chemises trop empesées, et qui rangeaient à la hâte leurs instruments. Ciao ! lui avait-elle crié, sans même aller le féliciter, l'embrasser, le réchauffer — et l'isolement de cet homme me parut pathétique. Je ne savais pas qui il était, Lisa n'avait pas l'intention de nous présenter. Avait-elle honte de lui ?

On retourna au pas de gymnastique vers nos deux voitures. Il y eut alors un long moment de flottement, d'hésitation entre nous quatre.

— Si on allait prendre un verre au « Piacere » de Gardone, proposa Lisa.

— Pourquoi pas ? enchaîna Giuseppe.

Henriette me regarda, en faisant un petit signe de dénégation de la tête. Nous dansions d'un pied sur l'autre, pour nous réchauffer.

— On n'est pas forcés de danser, ajouta Lisa.

— Mais il est tard, dit enfin Henriette d'une voix si rauque, si cassée, si misérable que nous éclatâmes de rire.

— Sérieusement ? allez, venez ! fit Lisa, plus pressante.

— Mais oui, venez, reprit Giuseppe terrifié à l'idée de se retrouver seul avec Lisa.

Henriette me serra le bras. Je n'avais guère envie de m'enfermer dans une boîte de nuit, même si elle s'appelait joliment « Il Piacere » — le plaisir — à Gardone, non loin de l'ancienne résidence de Gabriele D'Annunzio. Les yeux me brûlaient. Et retrouver des Allemands éméchés, des touristes en goguette et une musique hurlante après cette nuit où avaient déjà été massacrés nombre de compositeurs innocents, c'était trop !

— Je crois qu'on va rentrer de notre côté, dis-je.

Giuseppe nous lança un regard encore plus désespéré.

— Vous êtes sûrs ?

Henriette hocha la tête, affirmative, Lisa comprit.

— Mais oui, je vous raccompagnerai, dit-elle à Giuseppe en se tournant vers lui, allons-y tous les deux !

Comme il paraissait malheureux soudain, le comte Pedrotti, déchiré entre son audace et sa timidité, ses rêves et son confort ! Il hésita longtemps, perdu entre les deux voitures, ne sachant laquelle choisir. J'attendais contre ma portière, Lisa l'observait, adossée à la sienne, elle avait allumé une cigarette.

— On n'est pas forcés de danser, lui dit-elle encore.

— On n'est pas forcés de danser ? répéta-t-il, incrédule, juste pour éterniser cette attente, prolonger son indécision.

Et Lisa lui faisait face, et elle fumait avec une nonchalance qu'elle croyait irrésistible, elle attendait, elle n'avait pas de doute, elle lui souriait...

Mais qu'elle fasse tout de même attention, Lisa ! Giuseppe était fragile, il ne fallait pas trop le malmener, sinon il se briserait ou redeviendrait chat de plomb. Après tout, elle n'était pas reine des Amazones, Lisa, il s'en fallait de beaucoup, elle n'était pas douée de cette impertinence légère, de cette immense patience qu'inspirent les amours insoupçonnables, elle n'était pas Adélaïde...

Giuseppe hésitait toujours, Lisa souriait, j'attendais contre ma portière.

— Vous êtes sûrs ? nous lança-t-il une dernière fois.

— Sûrs !

Je lui souriais en hochant la tête, il nous tourna le dos et Lisa nous adressa un petit signe de la main...

Vers six heures du matin, Henriette et moi fûmes réveillés par les aboiements de Metastasio, et nous ne savions pas si le doberman aboyait pour saluer le lever du jour ou le retour de son maître.

12. *Il plut à verse le lundi matin*

A neuf heures, Signor Bruschino s'étira, fit le gros dos, plia l'échine, grimpa sans vergogne sur mon ventre, me piétina, ronronna à mes oreilles puis retourna au pied du lit où il s'assit, la queue rabattue contre ses pattes de devant. J'ouvris un œil. Le chat me contemplait, lui, de ses deux yeux ronds et étonnés. Neuf heures et aucune raison de paresser au lit.

La rampe d'arrosage devait tournoyer dans le sous-bois, j'entendis l'eau ruisseler depuis les plus hautes branches et ce bruit de cascade était comme un mensonge intolérable avec sa promesse matinale de fraîcheur. J'entrouvris les persiennes et sortis sur le balcon. Les rosiers grimpants qui s'accrochaient à la balustrade n'avaient pas tenu le coup ; ils s'étaient desséchés et rabougris au cours de cet été torride. Au loin, près de la pièce d'eau, je vis passer le jardinier accompagné de la tante Carlotta — et la tante Carlotta lui donnait des instructions, elle tendait la main dans les quatre directions et le jardinier suivait à un mètre derrière elle, la tête un peu rentrée dans les épaules, et il approuvait. Le ciel était d'un blanc cireux, les allées ratissées, le jardin tiré au cordeau et d'une pâleur de cadavre. Seul le petit bois faisait comme une grosse tache noire, une vilaine tumeur au milieu de ce parc délavé et maquillé comme pour sa toilette funéraire. Le chat miaula en se frottant contre mes jambes. Je rentrai en fermant les persiennes, ouvris la porte de notre petite salle à manger du matin, et versai au chat une soucoupe de lait. Il se frotta de plus belle contre mes jambes et après quelques secondes plongea le nez dans sa soucoupe. Il ne connaissait plus personne. Bienheureuse amnésie de Signor Bruschino !

Henriette me rejoignit d'un pas chancelant, le visage encore bouffi de sommeil, et elle voulut téléphoner tout de suite à l'hôpital de Salò, mais qui répond, un dimanche matin, dans un hôpital, et qui répond de surcroît à des étrangers s'exprimant dans un italien calamiteux ? Henriette n'insista pas et retourna dans notre chambre d'un pas à peine plus assuré. Le sommeil l'abandonnait peu à peu, comme un calmant qui cesse d'agir, et la douleur, la morsure de la peur et de l'attente revenaient la brûler — et il n'y aurait rien à faire de la journée, aucune diversion, aucun espoir de soulagement, simplement cette brûlure du jour.

Giuseppe, lui, devait encore se réfugier dans les massifs glacés du sommeil — ou somnoler, ou attendre, ou espérer un coup de fil de Lisa. Giuseppe était invisible, il n'appartenait plus au palazzo depuis la veille au soir. Sa tante avait cessé d'appartenir aussi au palazzo. Quand je la retrouvai au salon, un peu plus tard, elle m'annonça son départ. C'était la chose la plus naturelle du monde, elle partirait après le déjeuner, voilà, elle irait retrouver ses neveux Bettega qui lui avaient téléphoné la veille au soir, elle passerait quelques jours à Cortina. Ah ! les Dolomites et la saison d'été et la fraîcheur du soir, comme elle se réjouissait de ce départ ! Mais peut-être s'en réjouissait-elle un peu trop, elle la douce et taciturne vieille dame qui brodait sa vie au point d'ombre, qui portait des robes gris souris, qui était parfois petite souris elle-même, qui trottait dans les couloirs, et on ne l'entendait pas, et on ne savait jamais où elle était. Elle n'avait guère l'habitude de justifier ainsi ses faits et gestes, elle n'avait guère l'habitude surtout de changer d'habitude, et elle n'avait jamais soufflé mot de ce voyage à Cortina — ce voyage impromptu. Que s'était-il passé ? Que se passait-il encore ? Elle conclut par ces mots :

— Ils habitent Cortina, et cela vaut mieux...

Toujours les demi-mots sinon les demi-mesures. Cela valait mieux, disait-elle. Sûrement elle avait entendu son neveu rentrer après nous, à six heures du matin, et elle avait deviné et elle avait compris. Que devait-elle faire ? Ne rien voir, ne rien entendre, approuver ou condamner ? Je pense qu'elle se rendait compte de la censure que, par sa simple présence, elle exerçait sur Giuseppe, elle se doutait que jamais celui-ci n'oserait passer la nuit dans son palazzo en compagnie de Lisa tant qu'elle serait là, elle, la tante, le regard familial, le jugement familial, l'ordre, la morale, le passé... alors, cela valait mieux, elle partait, elle donnait quartier libre à Giuseppe, elle fermait les yeux, elle filait dans les Dolomites, et il ne lui était pas interdit de rêver, d'imaginer que Giuseppe pourrait aussi se marier, plus tard, et elle voulait se dire qu'elle aurait tout fait, tout, pour favoriser un tel bonheur.

— Et puis l'air de la montagne me fera du bien, il fait vraiment trop chaud ici, on étouffe, reprit-elle ; mais elle parlait d'une voix si posée, elle était si nette, si pimpante même la tante Carlotta Amalfieri qu'il devenait de plus en plus difficile de se laisser abuser par ses explications.

Non, elle n'avait jamais eu chaud de sa vie, elle n'avait jamais transpiré, comment pouvait-on transpirer quand on était, comme elle, aussi délicate, aussi abritée sous ses voiles, ses chapeaux, sa pâleur, ses robes de soie gris souris et ses titres de noblesse ? Elle faisait partie de ce club si étrange des « Heureux du Monde » préservés à jamais des atteintes vulgaires de la pluie, de la canicule, de la fièvre, de la faim, des angoisses — ce club à la porte duquel se bousculaient des millions et des millions de candidats, et qui ne laissait quasiment entrer personne, où l'on séjournait souvent de père en fils, sans le savoir, à l'abri de toute actualité, une forme d'héritage qu'accompagnait le don des richesses et de l'amnésie, et qui maintenant devenait un cercle minuscule, moribond, qui ne parvenait plus à renouveler ses membres malgré d'ahurissantes offres de candidature. Et comme la plupart des membres du club, la tante Carlotta Amalfieri ne serait jamais malade, elle mourrait en bonne santé, diaphane, silencieuse, sans un geste inutile, elle deviendrait peu à peu ombre, souvenir, elle disparaîtrait, elle s'effacerait comme par l'effleurement d'un dernier trait de gomme, à force de légèreté, de transparence, on soufflerait un jour sur la feuille et il n'y aurait plus rien...

Au cours du déjeuner qui suivit, la tante Carlotta répéta à Giuseppe ce qu'elle m'avait appris quelques minutes plus tôt.

— Cortina, c'est loin, ma tante, et il faut vraiment que vous partiez ? lui répondit-il d'une voix distraite, courtoise ; mais c'est à peine s'il l'avait entendue.

Elle énumérait maintenant les neveux et petits-neveux qui vivaient l'été à Cortina, et les mariages et les naissances et les scolarités plus ou moins brillantes de ce petit monde-là, et lui, non, il flottait très au large de nous tous, et c'est comme si la salle à manger du rez-de-chaussée où nous prenions nos repas s'élargissait, se dilatait, creusait entre nous quatre des zones d'ombre et de silence plus infranchissables encore. Maddalena mettait maintenant des heures à passer les plats, à tourner autour de la table, à regagner la cuisine, nous mangions en silence, les mouches et les guêpes tournoyaient et ensuite disparaissaient, perdues à l'autre bout de la pièce, et elles ne revenaient plus...

Signor Bruschino nous attendait après le déjeuner, dressé comme une statuette sur la commode de notre chambre. Henriette le caressa, et le chat se mit à gronder, à lever une patte menaçante.

— Tu vois, il sent la maladie et les chats n'aiment pas la maladie, fit Henriette.

— Les chats n'aiment surtout pas qu'on les dérange !

C'était l'heure de la sieste.

A Paderna comme dans la plupart des palais italiens, les portes étaient montées sur des gonds dissymétriques, de telle sorte qu'elles donnaient l'impression d'être de guingois, dès qu'on les ouvrait. Ce système avait pour objet de les faire se rabattre de tout leur poids contre le chambranle. Pourtant, l'après-midi, afin de ventiler les salons en enfilade du rez-de-chaussée et du premier étage, on les maintenait grandes ouvertes ; il fallait alors les plaquer contre les cloisons par de petits blocs de pierre sculptée. Signor Bruschino voyait donc s'ouvrir devant lui des échappées fabuleuses, mais il n'en profitait guère : peu téméraire, il restait cantonné à son territoire, il savait que tout le malheur des hommes vient de ce qu'ils ne peuvent rester dans leur chambre et lui, le gros matou, témoignait d'une sagesse très pascalienne...

La tante Carlotta était affairée à boucler ses valises, et nous pouvions l'apercevoir dans ses appartements, à travers un salon Empire, un boudoir, une chambre et un deuxième salon inoccupés. La tante Carlotta n'avait pas songé à faire la sieste, nous non plus, les portes étaient restées ouvertes avec les petits blocs de pierre à leur pied, et elle paraissait très lointaine, la tante Carlotta, dans le clair-obscur du premier étage. On la devinait, on ne la voyait plus, aucun bruit, elle nous faisait penser à une star du cinéma muet, tantôt éclaboussée de lumière, lente et vaporeuse, et tantôt étouffée par l'obscurité : elle n'était plus de notre monde, tout juste une apparition, un reflet, une ombre dans l'ahurissante profondeur de champ que ménageait le palazzo Pedrotti.

Henriette se proposa de l'aider, Henriette partit à sa rencontre, elle s'enfonça dans le palazzo, le salon Empire, le boudoir, la chambre, ses pas furent très vite étouffés, elle aussi perdit toute réalité à mes yeux, elle devint une jolie silhouette sur un écran, qui clignotait, que la lumière zébrait, auréolait, oubliait, une petite silhouette à côté d'une autre petite silhouette, deux ombres infiniment rétrécies que le palazzo Pedrotti avait englouties, digérées, épinglées sur ses murs.

La nuit du dimanche au lundi fut orageuse, lourde, interminable. Des éclairs de chaleur striaient les volets et bleuissaient la chambre, le tonnerre grondait et l'on aurait pu croire qu'une gigantesque porte de garage roulait d'un bout de la plaine à l'autre. Metastasio se mettait parfois à hurler. Signor Bruschino se réfugia sous la commode, je retournais sans cesse mon oreiller trempé de sueur, Henriette gardait les yeux ouverts. Impossible de nous désengluer de cette nuit, impossible de trouver la moindre diversion. Adélaïde Belgioso ne nous était plus d'aucun secours, les grondements de portes de garage tirées d'un bout à l'autre de la plaine brisaient en mille morceaux jusqu'à nos plus minuscules enchantements.

Au petit matin tombèrent les premières gouttes de pluie — lentes et espacées. L'orage n'avait pas éclaté, l'orage s'éloignait. Un brouillard lourd s'éleva du jardin, des masses cotonneuses entourèrent les arbres fruitiers et les cyprès, comme de la ouate s'accumule autour des cadeaux de Noël, dans leurs boîtes. La plaine entière fumait. La pluie redoubla, plus fine, plus dense maintenant, comparable à l'un de ces rideaux de gaze que l'on tire parfois au théâtre pour estomper les contours trop nets, les couleurs trop blessantes de la scène. Bref, on changeait les décors pour une nouvelle représentation. Les rideaux frémirent. Un léger courant d'air s'infiltra dans la chambre. Signor Bruschino s'étira et sortit de dessous la commode. Je cherchai à me rendormir.

Une heure plus tard, il pleuvait à verse. La plaine lombarde prit des couleurs d'aquarium. La température chuta de près de quinze degrés. Dehors tout ruisselait, écumait, dégoulinait, s'égouttait. On se sentait devenir liquide...

A dix heures, Augusto Allegri téléphona depuis l'hôpital de Salò, et c'est Giuseppe qui répondit. Dès qu'il eut raccroché, il nous fit demander par Maddelena qui nous conduisit dans sa chambre. Il finissait de se raser et de se coiffer, il avait ramené ses cheveux luisant de brillantine sur le dessus de son crâne, ses joues et son cou avaient des rougeurs de pomme d'api, il semblait d'excellente humeur.

— Eh bien voilà, dit-il à Henriette en l'embrassant, en la serrant contre lui d'un geste de tendre affection, un geste si libre, si peu prémédité, qui dénotait une telle aisance qu'Henriette en resta interloquée.

Je la sentis se raidir, à la fois docile, inerte et lointaine, un geste qui me frappa aussi car Giuseppe ne nous avait guère habitués jusque-là à autant de nonchalance amicale, de désinvolture dans son comportement, dans sa façon de marcher, de saluer, d'exprimer sa reconnaissance ou son affection.

— Eh bien voilà, répéta-t-il en riant, il n'y a rien, les radios ne montrent rien, Augusto vient d'appeler, il fait envoyer les radios par la poste, mais des radios d'un banalité totale, des radios parfaites.

Henriette se dégagea sans parvenir à sourire, encore moins à se détendre.

— Mais alors ? murmura-t-elle.

— Alors je ne sais rien, répliqua Giuseppe joyeusement, Augusto Allegri affirme que ça ne peut être grave, une congestion des cordes vocales peut-être ou autre chose.

— Autre chose ?

— J'ai dit autre chose ? Non, il n'y a pas d'autre chose, une congestion des cordes vocales sûrement, rien de grave, rien de rien.

Pour Giuseppe, l'affaire était close, un souci de moins, une affaire de classée, et il pouvait penser à Brescia, à la via dei Musei, à Lisa Belgioso, il pouvait penser à ce qu'il voulait, sans remords, sans ennui. Tout en sifflotant, il se dirigea vers sa salle de bains. Il laissa les portes ouvertes derrière lui, nous pouvions l'apercevoir, de dos, il ajustait sa cravate devant la glace. Lisa, Lisa, Lisa, il allait filer à Brescia d'un cœur léger, Giuseppe l'insaisissable, Giuseppe le patricien caméléon qui, parce qu'il avait été visiblement séduit, se donnait désormais des allures de séducteur !

— Je ne parle pas et j'ai tort, maugréa Henriette de sa voix brisée, alors que nous revenions dans notre chambre.

Il me parut inutile de répliquer, de la contredire.

Il lui faudrait du temps pour se dépêtrer des voiles d'angoisse sous lesquels elle s'était enfouie, et elle seule pourrait se dégager. Elle se mettrait encore sûrement en colère, un rien l'irriterait, elle serait peut-être même incrédule, elle aurait des rechutes, et pourtant, elle parviendrait à s'habituer à cette idée qu'elle n'avait rien de grave, qu'elle n'avait plus de rôle à jouer, qu'elle n'était plus intéressante, Henriette que j'aimais tant jusque dans ses paniques qu'elle parvenait à la longue, et contre toute vraisemblance, à me faire partager, Henriette dépossédée maintenant de son statut de moribonde jusqu'à la prochaine trouvaille, la prochaine angoisse...

Il plut à verse jusqu'au soir, sans une éclaircie, sans une saute de vent, l'une de ces pluies de fin du monde, un rideau d'acier tiré à jamais sur le spectacle de la vie et le chant des couleurs. Henriette s'enferma dans sa chambre. Elle écrivit, elle donna de ses nouvelles à tous les membres de sa famille, elle resta seule, silencieuse, appliquée, et les voiles d'angoisse s'allégèrent autour d'elle. Où se trouvait Giuseppe ? A Brescia sans doute, via dei Musei, et la tante Carlotta Amalfieri ? A Cortina peut-être, à attendre, à espérer. Et je me retrouvai seul dans ce palazzo noyé sous les trombes d'eau, ce palazzo qui n'appartenait plus à la plaine de Lombardie, à l'Italie, à rien d'identifiable, ce palazzo à la dérive, cette bulle du temps passé qui flottait je ne savais plus où.

L'ennui me tomba dessus, lourd, poisseux, écœurant. Je passai d'une pièce à l'autre, et rien à lire et rien à attendre. Par les fenêtres remontaient des odeurs de terre, des odeurs argileuses, un peu âcres, l'odeur des feuillages en décomposition. Que diable faisais-je là ? Ce palazzo, je l'ai dit, m'avait ensorcelé par ses miroitements — c'était une demeure magique aux mille métamorphoses, et maintenant c'était fini, le charme rompu, les enchantements effacés, ce palazzo n'avait plus rien à refléter, il avait cessé d'être une demeure de l'ombre pour la tante Carlotta car la tante Carlotta l'avait quitté la veille ; il avait cessé de briller et de vocaliser pour Giuseppe, de tenir pour lui le rôle de l'inépuisable île au trésor, puisque Giuseppe le trahissait aujourd'hui ; il avait cessé enfin d'abriter et de confirmer les peurs d'Henriette puisque ces peurs s'affirmaient infondées. Non, ce palazzo n'avait plus rien à dire, aucun rôle à jouer, une grosse bulle inutile qui flottait nulle part. Le théâtre était pour l'instant fermé. Relâche.

Et Adélaïde Belgioso ? Ah ! Adélaïde Belgioso, quelle tristesse, quel naufrage, oui, tout était bien fini, le rideau baissé sur un monde immobile et qui n'avait plus qu'à s'empoussiérer mais de cette vraie poussière grise et bête de tous les jours, non de cette poudre impalpable des greniers qui est l'or du temps ! Adélaïde Belgioso s'éloignait, je m'étais retrouvé dans le grand salon, affalé dans un fauteuil, et j'examinais une fois de plus son portrait, cette miniature adorable, Adélaïde qui n'avait plus rien à dire, plus rien à chanter, Adélaïde qui continuait de sourire pour l'éternité, pour personne. De chaque côté de son visage pendaient de longues boucles brunes qui s'enroulaient sur elles-mêmes — et je me souvins du mot, des « repentirs », comme une retouche en peinture. Adélaïde était coiffée avec des repentirs, mais désormais tout était joué, le temps n'était plus aux regrets. La tante Carlotta enfuie, Giuseppe revenu au temps présent, préférant sottement la belle et grasse et peu farouche Lisa à Adélaïde l'étrangère, celle-ci s'éloignait à jamais. Les derniers accords rossiniens dissipés, Henriette rassurée, nous n'avions plus rien à faire à Paderna, nous partirions, Henriette et moi, dans le courant de la semaine, si elle le voulait bien.

13. *Il n'y avait plus de fantôme dans le parc*

Le mardi matin, l'air était devenu léger, un temps de septembre. Le palazzo échappait à ses brouillards de l'été. Les arbres, les murs, les allées, les chants des oiseaux, les cris des grenouilles retrouvaient leurs définitions, se détachaient désormais avec une netteté acide. Les statues de Diane et d'Endymion se déployaient dans leur gloire de marbre, leur gloire de statue, pas davantage. Il n'y avait plus de fantômes dans le parc, juste des sculptures et des vivants, un vieux jardinier taciturne et de grands arbres très sombres en lisière. Le domaine Pedrotti prenait des couleurs pastel d'une infinie sagesse, son harmonie relevait du miracle, l'été basculait, nous ne rêvions pas, non, nous revivions.

Je songeai à la tante Carlotta qui n'avait pas téléphoné de Cortina et je me demandai si elle était vraiment partie là-bas, si elle avait jamais eu l'intention d'y aller. L'important, pour elle, c'était de quitter le palazzo, de trouver un prétexte, et peut-être n'avait-elle accompli qu'une centaine de mètres, peut-être avait-elle loué une chambre à la petite auberge de Paderna, sur la place de l'église. Au diable la vraisemblance, je m'amusai à l'imaginer là, assise derrière une fenêtre, à lire *le Vicomte de Bragelonne* ou *Ange Pitou,* à broder ses napperons au point d'ombre, à guetter les allées et venues du palazzo, juste en face! Elle avait aperçu Lisa et sa petite Fiat 500 blanche ce matin-là, elle verrait Lisa rentrer tard ce soir et tous les autres soirs, et parfois même ne pas rentrer du tout, passer la nuit au palazzo, elle pousserait un profond soupir, reprendrait son napperon ou son *Vicomte de Bragelonne* et elle se poserait en vain une foule de questions...

J'annonçai à Giuseppe notre départ pour la fin de la semaine. Il eut la courtoisie de manifester sa surprise et sa déception puisque nous devions rester initialement jusqu'au début septembre. La santé d'Henriette me fournissait un argument irréfutable, sa voix s'éclaircissait peut-être mais elle n'osait trop forcer pour s'en convaincre et elle avait hâte de consulter à Paris un spécialiste. Giuseppe n'insista pas, je crois cependant qu'il regretta notre décision car nous le protégions un peu de Lisa, nous étions ses garde-fous, devant nous il s'appliquait à respecter les convenances. Que ferait Lisa en notre absence, ne le dévorerait-elle pas, lui et le palazzo ? Je devinai chez lui comme le tremblement d'une peur infime, inavouée, mais bien sûr il n'osa rien exprimer, il n'insista pas pour nous retenir.

Il n'y avait plus de fantômes dans le parc et il n'y avait plus de fantômes au palazzo. Il n'y avait plus personne au palazzo. Lisa préférait le jardin, elle y entraînait Giuseppe et elle était d'une vitalité si manifeste, d'une frivolité si contagieuse qu'il lui était difficile de résister. Elle prit ses quartiers entre le petit bois et la tonnelle, à quelques mètres du salon, mais si loin du salon ! Au fond, elle craignait de se confronter aux paysages de Magnasco, aux photos sur le piano, aux meubles Empire, aux fresques de Carloni, aux stucs, aux plafonds en trompe-l'œil, à la chapelle baroque, aux portraits de Rosalba Carriera, aux pendulettes retour d'Égypte, aux livres d'art, au vieux billard, aux assiettes et aux vases de porcelaine chinoise, aux archives du grenier, à la grande cuisine dans la pénombre, aux tapis de la Savonnerie, au cheval de bois écaillé de la bibliothèque... elle mesurait bien ses forces et ses faiblesses, Lisa, et elle ne se sentait pas de taille à lutter, au cœur du palazzo, contre ce passé qui, nécessairement, l'excluait. Rossini et Adélaïde lui avaient été des alliés pour approcher et retenir Giuseppe, mais maintenant elle devait s'en débarrasser. Dans le grand salon, trônant au centre de ce monde immobile, les grands yeux noirs de la cantatrice brilleraient à jamais d'un éclat plus fiévreux que les siens. Mais elle, Lisa, elle était vivante, elle pouvait rire, bouger, s'étourdir, ne jamais se laisser épingler à un mur, elle pouvait tournoyer sans cesse, rire encore, se maquiller, se travestir, se coucher, faire tinter ses bijoux, devenir regret, reflet, relais, sillage, elle avait besoin d'espace pour s'épanouir et triompher, elle avait besoin du grand air pour se déguiser, pour être exploratrice, chinoise, gitane, bohème et le lendemain hippie, indienne, garçonne, romantique, pour étourdir et écraser Giuseppe sous le nombre, le doter avec elle seule d'une infinité de maîtresses, l'empêcher de réagir et de regarder derrière lui, elle avait besoin du parc, Lisa, et elle s'y installait.

Le temps était devenu son allié. Nous passions tous les quatre, à l'ombre du grand cèdre, des fins d'après-midi oisives et sereines. Giuseppe nous récitait des vers d'Ugo Foscolo et d'Ippolito Pindemonte — ces poètes mineurs amis d'Adelaïde — que nous ne comprenions pas, mais cela n'avait guère d'importance, Lisa ne les comprenait peut-être pas plus que nous. Ou bien il parlait encore de Rossini et de Luigi Pedrotti, mais il les évoquait à vrai dire avec de plus en plus de détachement, et Lisa le laissait désormais s'exprimer sans trahir son impatience et son ennui...

Edmund Green appela le mercredi soir, depuis Houston, au sujet de son article et de la préparation de l'édition critique de *Tancrède*. Giuseppe lui adressa aussitôt photocopie des documents qu'il réclamait : une gravure de Luigi Pedrotti mélancoliquement appuyé aux ruines du couvent des frères mineurs, dans l'isola, et le manuscrit d'une aria dédiée par Rossini à Adélaïde : « quai voce, quai note ». Et cet envoi, qui aurait bouleversé sa vie il y a encore une semaine, lui parut une insignifiante formalité, il n'y prêta aucune attention. Lisa lui avait fait définitivement oublier Edmund Green et la peur qu'il avait éprouvée face à lui. Autrement dit, Giuseppe redevenait insouciant.

Nous étions tous insouciants. Vers six heures et demie, Maddalena nous servait des jus de fruit et du whisky, avec beaucoup d'eau minérale. La température baissait. Nous enfilions des pull-overs. Lisa s'affublait de chandails extravagants, rouge cerise ou vert pomme, qui noyaient sa silhouette. Henriette fixait d'un air revendicatif l'ombre du cèdre et l'humidité du sous-bois à qui elle attribuait son extinction de voix. Le soleil se couchait derrière un rideau de cyprès, au-delà de la pièce d'eau. Le gravier des allées rosissait comme les nuages. Nous prenions l'habitude de rire pour des riens. Lisa et Giuseppe passaient en revue la bonne société de Brescia, les vieilles filles à marier, les comtesses fofolles, les gâteux notoires. C'était la vie de province en somme, le jeu de massacre où toutes les têtes sont connues et où toutes les têtes tombent. Je préférais le jus d'orange au whisky. Henriette regardait passer le vieux jardinier dans ses allées potagères, aussi indifférent à notre monde que Giuseppe et Lisa au sien...

Il leur arrivait souvent de parler italien entre eux. Cela m'était indifférent. Nous nous laissions bercer, Henriette et moi, au rythme de leurs voix, ou plutôt non, j'aimais cette sensation peu violente d'éloignement. Nous savions notre départ très proche. Lisa et son manège ne nous préoccupaient guère. Qu'elle réussisse ou non à épouser Giuseppe (quelle autre solution pour elle ?) ne regardait qu'eux — et peut-être aussi Carlotta Amalfieri qui attendait de le savoir pour revenir. Leurs voix, en ces fins d'après-midi de Paderna, se mêlaient en somme au pépiement des mésanges, des bouvreuils, des moineaux, au crissement du sécateur du jardinier. Leurs voix devenaient paysage.

Lisa triomphait, mais pour combien de temps? Augusto Allegri n'était pas revenu au palazzo de la semaine. Nous parlions déjà de notre départ et de l'itinéraire à suivre, par Lugano et Lucerne ou par Stresa et le Simplon. Lisa ne cherchait pas à nous retenir, elle préférait Lucerne et le lac des Quatre Cantons, elle ne logeait pas encore à Paderna mais elle balisait son terrain, elle le défrichait, elle faisait le vide. Je me demandais cependant si elle ne brûlait pas un peu vite les étapes. Difficile il est vrai de manipuler Giuseppe. Le quitter un instant, c'était le faire rentrer dans son salon, l'inciter à retrouver ses chimères, son passé, trop le bousculer en revanche et il prendrait peur, il redeviendrait chat de plomb, inaccessible, et ce serait la fin.

A la réflexion, Lisa manquait peut-être un peu de doigté, elle affichait une excessive confiance en ses moyens — et seul Giuseppe aurait pu nous dire si elle était en cela présomptueuse. Le jeudi soir, il fut question par exemple du vieux tennis à l'abandon, de l'autre côté du petit bois, en lisière du domaine. Sa surface était ravinée par les pluies, craquelée par la sécheresse, défoncée par les taupes, envahie de ronces et d'orties. Lisa venait d'en découvrir l'existence. Personne n'avait dû y jouer depuis la guerre mais qu'à cela ne tienne, Lisa, elle, se voyait déjà sur le court, elle disputait set sur set, elle montait au filet, elle volleyait comme une reine de Wimbledon et elle riait très fort. Mais d'abord, elle commença par battre des mains.

— Oh! un tennis, et les tournois que l'on pourrait organiser l'été.

Giuseppe restait silencieux.

— Et nous inviterions Augusto Allegri peut-être (elle marqua un temps d'arrêt), oui, il ne joue pas mal (elle regarda Giuseppe qui rougit puis elle éclata de rire), et aussi Paula de Somoggy et Claudio Picello et Michele Demetto et Andrea Boziche...

Elle énumérait ses amis du Tennis Club de Brescia, et je vis la peur — une peur étroite, naissante, inavouée — sur le visage de Giuseppe. La peur bien sûr de cette invasion d'inconnus qui le menaçait. Mais la peur plus insidieuse encore devant le « nous » employé par Lisa : ce « nous pourrions inviter », comme si déjà elle avait des droits pour le déposséder d'une partie de ses privilèges, et d'abord du privilège de se protéger du monde... Il ne fit aucune remarque, il se força à sourire, il resta même d'excellente humeur tout le reste de la soirée, mais j'en suis certain, il avait réalisé à ce moment-là où pouvait l'entraîner Lisa, il était redevenu imaginatif.

Même alerte le lendemain. La conversation roulait cette fois sur une série de concerts de musique baroque qui allaient se donner à Brescia et dans les environs en septembre. De nombreux patriciens avaient ouvert leur palais ou leurs villas en cette occasion. Giuseppe nous faisait part de ses craintes, et Lisa se crut assez forte pour les balayer. C'était témoigner de légèreté, faire croire à Giuseppe qu'elle n'appréciait guère, qu'elle ne soupçonnait guère la valeur des patrimoines à préserver. Et elle alla plus loin, bien plus loin, Lisa la délicieuse irresponsable, Lisa la bavarde, elle continua à échafauder mille projets, elle imagina même pour une autre année l'exécution de petits opéras sous les arcades du palazzo : *le Mariage secret, la Servante maîtresse, l'Apothicaire ;* tout juste si elle ne précisait pas leur dispositif scénique. Giuseppe avait l'air partagé, au début, entre l'incrédulité et la terreur, il se mit à examiner Lisa comme une étrangère. Plaisantait-elle ? Non, elle ne plaisantait pas, et grisée par ses projets, ses affabulations, elle ne s'était pas rendu compte de son mouvement de recul.

— Et il faudrait organiser un bal costumé, un grand bal

costumé après le spectacle, ajouta-t-elle, un grand bal après *le Mariage secret*...

Puis elle reprit son calme, alluma une cigarette, souffla la fumée avec une énergie catégorique, comme si l'affaire était conclue. Elle sourit dans le vague, elle rêvait déjà à ses déguisements.

D'habitude Henriette pelotonnée dans ses châles et son silence observait sans rien dire, mais les mots « bal costumé » agirent sur elle pareils à une décharge électrique. Elle sursauta et vola au secours de Lisa.

— Un bal costumé, murmura-t-elle de sa voix cassée, nous viendrions de Paris, c'est promis, un bal costumé dans le salon en trompe-l'œil.

Naïve Henriette ! Défilaient devant ses yeux des images à la Watteau, des fêtes galantes, des assemblées dans un parc, des robes-paniers, beaucoup de soie, d'or, de candélabres, de musique ancienne et de clair-obscur... Son rêve n'était pas d'assister à un bal costumé, elle s'y ennuierait autant que moi, mais de vivre l'espace d'une soirée une vie idéale du XVIIIe siècle.

Giuseppe ouvrait maintenant la bouche comme un noyé, de l'air, de l'air, il agitait les bras, il coulait à pic, il remontait péniblement à la surface, il suffoquait... Ah ! Giuseppe, dernier comte Pedrotti, comme je le revois nettement, dans le parc, à l'ombre du cèdre, il portait un pull-over de cachemire bleu acier cet après-midi-là, il tournait la tête à droite, à gauche, vers Lisa, vers Henriette, Giuseppe martyrisé par les femmes, Giuseppe sur le point de redevenir chat de plomb ! Et derrière lui moussait le palazzo au crépi mauve dans le soleil couchant, comme une gigantesque barbe-à-papa, et cette image, ce fut la dernière marquante de notre séjour à Paderna. Une image radieuse, cocasse, paisible, une image très incertaine aussi puisqu'elle ne laissait rien présager de l'avenir : le triomphe de Lisa ou le retour de Giuseppe à ses fantômes, le côté de Brescia ou le côté d'Adélaïde...

Henriette parlait chaque jour un peu mieux, des éclaircies dans un ciel encore plombé de peurs inutiles ; Lisa arrivait au palazzo vers midi, elle repartait tard le soir, après le dîner, nous ne savions pas à quelle heure, nous nous étions retirés bien avant ; parfois au petit jour sa Fiat 500 se trouvait encore garée sous le portique ; d'évidence Lisa attendait le moment où elle n'aurait plus du tout à repartir, et jamais, j'y repense, elle ne nous parla de sa librairie du corso Zanardelli ; allait-elle la rouvrir en septembre ou pensait-elle déjà la liquider ?

Quand nous quittâmes le palazzo Pedrotti le dimanche matin à l'aube, la Fiat 500 n'était pas là, Giuseppe dormait encore, lui que nous avions salué et remercié une dernière fois la veille au soir, et de toute la semaine la tante Carlotta n'avait donné aucune nouvelle. La gardienne en noir nous ouvrit le portail, Metastasio aboya, et, dans la voiture, Signor Bruschino se mit à miauler avec rage, désespéré comme au début de chaque long voyage. Henriette lui souffla des paroles apaisantes, mais le chat tarda à s'en persuader.

14. La piazza della Loggia

Dès notre retour, Henriette prit rendez-vous avec le professeur Laccourreye, chef du service ORL de l'hôpital Laënnec. Elle parlait encore fort mal mais le matin même de la visite, sa voix s'éclaircit. Une heure avant de se rendre à l'hôpital, elle se jugea guérie, elle pouvait rire, chanter, crier, elle n'osa pas décommander son rendez-vous mais elle se sentit honteuse, comme si elle avait rêvé sa maladie. Le professeur l'examina, l'ausculta, vérifia les radios, il témoigna d'une patience toute professionnelle. Paralysie des cordes vocales ? Il sourit. Une tumeur ? Il haussa gentiment les épaules. Il raccompagna Henriette jusqu'à la porte de la salle de consultation, il était d'une courtoisie irréprochable.

Une amie psychanalyste ne parut pas étonnée outre mesure par le cas d'Henriette, elle avait des tas d'exemples à citer de voix qui se brisent sans raison organique apparente, mais il suffisait parfois que le patient veuille s'exprimer dans une autre langue que sa langue maternelle pour que sa voix revienne et que se lèvent les barrages de son inconscient. La théorie était amusante. L'ennui c'est qu'Henriette n'avait pas été plus apte à s'exprimer en italien qu'en français. Cela n'a pas d'importance, les théories psychanalytiques sont souvent amusantes.

Dès notre retour à Paris, nous écrivîmes à Giuseppe. Il ne répondit pas mais comment s'en étonner, il écrivait d'habitude fort peu. Au début du mois de septembre, nous lui téléphonâmes, ce fut Lisa qui répondit et nous le passa, Lisa qui semblait s'installer en somme au palazzo. Giuseppe, au bout du fil, nous parut étrangement distant, ennuyé, comme pris en faute. Avait-il honte d'avouer la présence de Lisa à Paderna ? Je l'imaginais à la fois torturé et grisé par un avenir qu'il devait pour une fois décider. Comment allait sa tante Carlotta ? Où en était l'édition critique de *Tancrède* ? Il répliqua par monosyllabes à nos questions, je n'insistai pas.

Et les semaines passèrent.

A la fin novembre, il nous expédia le dernier numéro de la *Gazetta del Centro rossiniano di studi,* composé pour l'essentiel par l'article d'Edmund Green sur le finale tragique de *Tancrède,* en anglais puis en italien. Green avait complété son étude musicologique fort savante par l'évocation rapide des rapports noués entre Rossini, Adélaïde Belgioso et Luigi Pedrotti. Un cahier de huit pages photos complétait ce numéro. Green avait fait reproduire entre autres la première page du manuscrit authentifié par Rossini (« dichiaro e non senza rossore ») et bien entendu, la miniature d'Adélaïde. Je fis contretyper et agrandir ce portrait, et le plaçai sur mon bureau.

Que devenait Giuseppe ? Et Lisa ?

Lisa, je ne parvenais plus très bien à me la représenter. Lisa n'avait été qu'une jolie figure de l'instant ; l'été 1976 était loin de nous et Lisa appartenait à cet été 1976, elle s'était dissipée avec ses peurs et ses découvertes et ses brumes de chaleur, il ne me restait d'elle qu'un nom, Lisa, peut-être aussi l'aigu frémissant de son éclat de rire et le tintement de ses bracelets, c'est tout, Lisa n'avait plus de visage, plus de silhouette — et sur mon bureau la reproduction du portrait d'Adélaïde avec son regard tendre et malicieux réfutait jusqu'à l'idée même d'une rivale.

Giuseppe le mystérieux, le torturé, l'imprévisible, s'enfouissait dans son silence, son éloignement et son palais, comme son palais lui-même s'enfouissait dans un repli de notre mémoire. Lisa vivait-elle maintenant avec lui ? Et sa tante Carlotta poursuivait-elle son exil à Cortina ? Comment savoir ? A mon sens, Lisa avait perdu la partie, mais Henriette penchait pour l'avis contraire. Nous opposions nos arguments, il manquait à cette histoire une conclusion, les paris étaient ouverts...

En faveur de Giuseppe et de son célibat, en faveur d'Adélaïde en somme, quatre raisons :

1. Giuseppe venait de nous adresser ce numéro des études rossiniennes, il inclinait donc vers le passé.

2. Si Lisa avait gagné, si Giuseppe s'était déjà fiancé, nous le saurions.

3. C'était l'hiver, Giuseppe vivait maintenant cloîtré à l'intérieur du palazzo, Lisa ne combattait plus sur son terrain de prédilection.

4. En vérité, et en mettant les choses au mieux pour Lisa, Giuseppe hésitait toujours. Plus il hésitait et plus il allait retrouver la force de ses habitudes. Inévitable. Lisa ne pouvait gagner qu'en le brusquant. Le temps travaillait contre elle, elle avait laissé passer sa chance.

A quoi Henriette rétorquait en faveur de Lisa :

1. C'est vrai, il nous avait adressé ce numéro des études rossiniennes, mais sans y joindre une seule lettre, un seul petit mot d'amitié. Conclusion, il était distrait, préoccupé, Lisa ne le lâchait pas.

2. Pas un mot non plus de sa tante qui, d'habitude, chargeait Giuseppe de nous transmettre ses meilleurs souvenirs. La tante n'était donc sans doute pas revenue vivre au palazzo, la tante espérait toujours.

3. L'hiver, l'été, cela ne voulait rien dire, mon argument était idiot, l'hiver, c'est la saison du confort, Lisa était douce et maternelle.

4. Oui, peut-être Giuseppe était-il désemparé mais c'était là un atout majeur pour Lisa — car avec sa placi-

dité, sa sensualité si peu équivoque, elle ne pouvait que le rassurer et lui offrir une planche de salut...

On en resta là et les semaines passèrent, d'autres mois, décembre 1976, janvier 1977, et toujours le silence du côté de Paderna, le statu quo. Henriette et moi campions sur nos positions et le palazzo Pedrotti reculait encore — juste un petit point, une petite lueur qui brillait pour nous seuls dans la nuit italienne... Par les journaux, on apprenait que le président du Conseil Andreotti agitait la menace d'un rationnement de l'essence et de la viande pour réduire le déficit de la balance commerciale du pays. Le scandale Lockheed éclatait, un de plus, et l'ancien président du Conseil Mariano Rumor était soupçonné d'avoir touché des pots-de-vin pour favoriser l'achat de quatorze avions militaires Hercule C 130. A la prison de Murate, à Florence, dix détenus gardaient en otage sept gardiens et annonçaient qu'ils allaient les exécuter. *L'Europeo* accusait le Vatican de se livrer à la spéculation immobilière. Une nouvelle vague d'attentats secouait les grandes villes, Rome, Turin, Milan, Bologne. Au nom du parti néo-fasciste MSI, Giorgio Almirante réclamait d'urgence la création d'une force paramilitaire de dissuasion. La colère et l'exaspération grondaient dans les rangs de la police. On parlait de prisons de haute sécurité pour regrouper les terroristes les plus dangereux. Le président de la République, M. Leone, protestait devant le Conseil supérieur de la magistrature contre l'indulgence excessive des juges... Et cette actualité venait déferler, rugir, battre contre le palazzo Pedrotti, cet oasis de silence, ce minuscule barrage de calme et de beauté, l'ombre d'un bonheur imaginaire à opposer aux violences de la politique, au temps qui entraîne, décompose et détruit...

Enfin, en février 1977, nous reçûmes une lettre de Giuseppe, une lettre ambiguë qui ne pouvait en rien aider à la conclusion de notre histoire. Elle nous annonçait que la première mondiale de *Tancrède* avec son finale tragique aurait lieu à Houston le 15 septembre prochain. Giuseppe nous donnait tous les détails qu'il tenait d'Edmund Green directement : Marilyn Horne interpréterait le rôle-titre sous la direction musicale de Nicola Rescigno, Marilyn Horne succéderait ainsi directement, à cent soixante-trois ans d'intervalle, à Adélaïde Belgioso ! Bien entendu, Edmund Green avait invité Giuseppe car un Pedrotti se devait d'assister à ce finale tragique qu'un autre Pedrotti avait écrit, mais voilà, Giuseppe hésitait, ce voyage l'inquiétait, ce si long voyage — et pourtant, ajoutait-il dans sa lettre, Lisa Belgioso l'aurait accompagné volontiers — mais il n'en dit pas plus, ce fut la seule allusion qu'il fit dans sa lettre à l'arrière-arrière-arrière-petite-nièce d'Adélaïde.

Rien n'était joué par conséquent mais la conclusion était proche, Henriette et moi en fûmes d'accord, ce voyage allait s'avérer décisif. Ou bien Lisa parvenait à entraîner Giuseppe à Houston, à jouer du passé comme d'un levier, comme un prétexte pour l'arracher à son palazzo, et alors elle gagnerait, aucun doute, elle vivrait désormais avec lui, elle serait comtesse Pedrotti dans un palais débarrassé de ses fantômes ; ou bien Giuseppe renonçait à ce voyage, ne parvenait décidément pas à surmonter sa peur et il n'échapperait jamais à l'engourdissement du passé, à sa solitude frileuse, Lisa finirait par être rejetée, oubliée, rien à faire... Donc huit mois d'attente en principe, huit mois réservés à Lisa pour jouer son va-tout — et depuis Paris, il nous restait à connaître le verdict...

Le 15 avril, un colis piégé fut déposé au domicile du professeur Alberto Asprea, via Bassiche à Brescia. Un groupuscule d'extrême droite revendiqua cet attentat contre un universitaire soupçonné de sympathie idéologique avec les Brigades rouges. La force de dissuasion de M. Almirante se mettait donc en place dans la clandestinité. Alberto Asprea mourut sur le coup et son fils âgé de six ans qui se trouvait dans l'appartement au moment de la déflagration dut être amputé d'une jambe. L'émotion fut grande à Brescia. Surtout au sujet de l'enfant. *Le Monde* réserva même deux colonnes à l'événement. Le surlendemain, un meeting de protestation réunit près de trente mille manifestants — étudiants, syndicalistes, militants du PCI, du parti radical et quelques membres de la démocratie chrétienne dont le maire de Brescia et la plupart de ses conseillers municipaux, sur la piazza della Loggia. Et de nouveau il y eut un attentat, aveugle, atroce. Une bombe à retardement avait été déposée dans le coffre d'une voiture en stationnement, elle explosa alors que le maire commençait son discours. L'horreur déferla, prévisible — prévisiblement commentée par les journalistes : silhouettes ensanglantées et paralysées, hommes et femmes hurlant et courant dans tous les sens, étouffements, syncopes, sirènes des ambulances et des voitures de police qui se répondent d'un bout de la ville à l'autre, comme pour orchestrer la panique et l'incrédulité des manifestants... Bref, vingt-trois personnes périrent ce jour-là, parmi lesquelles le directeur du Centre culturel français de Milan. On releva une cinquantaine de blessés, Valéry Giscard d'Estaing adressa un télégramme de condoléances au président Leone, et du coup *le Monde* publia en quatrième page la liste des victimes.

Parmi celles-ci, Lisa Belgioso.

Henriette et moi, nous nous repassâmes le journal. Lisa Belgioso, c'était trop bête, un tel manque de chance ! Oui, c'est cela qui nous vint d'abord à l'esprit, le manque de chance, Lisa que j'imaginais mêlée par hasard à la manifestation, voulant regagner son domicile de la via dei Musei, et soufflée par l'explosion, pulvérisée, effacée, disparue, pffttt ! Lisa qui déjà depuis quelques mois n'avait plus pour nous de visage, Lisa à la sensualité redevenue anonyme, et Lisa qui maintenant avait tout perdu — jamais plus je ne reverrai ses traits, ne pourrai les retrouver — Lisa ensanglantée, Lisa qui aimait tant se déguiser (et cela n'avait pas d'importance puisqu'elle était si solide, les pieds sur terre et les yeux si loin du ciel, si vivante, si aveuglément équilibrée) et qui maintenant s'était déguisée en courant d'air, en victime, en rien du tout, en regret peut-être — et même pas, en dépit plutôt, oui, en dépit, en ironie, en horreur imbécile ! Pauvre Lisa dont la mort n'avait rien d'exemplaire, si toutefois les morts ont jamais quelque chose d'exemplaire ! Oh non, elle ne méritait pas ça, elle qui, au mois d'août dernier, était bien la seule vivante, la seule spontanée de notre groupe, la seule à intriguer, à espérer, Lisa avec son rire et ses bracelets, alors qu'Adélaïde insidieusement m'ensorcelait, que Giuseppe s'étourdissait du finale tragique, que la tante Carlotta n'était plus que transparence et qu'Henriette dorlotait sa voix brisée et sa peur de la mort, Lisa soufflée par la terreur de l'actualité ! Cette mort tragique, stupide, immonde, révoltante comme toutes les morts, plus révoltante encore puisque Lisa, elle, vivait (nous ne méritions pas de mourir si vite, après tout, puisque nous avions vécu à l'économie, au ralenti, au cours de cet été à Paderna, comme des petits vieux perclus de nostalgies, des petits vieux bien amnésiques aussi et repliés sur leurs idées fixes), cette mort donc nous privait de la conclusion à laquelle nous avions droit. Comme tout cela était absurde ! Nous ne connaîtrions jamais le choix de Giuseppe entre Lisa et Adélaïde, entre Brescia et le palazzo, entre le voyage à Houston et la sédentarité, entre le soleil et les ombres, entre les chats élastiques et les chats de plomb, entre sa peur et ses regrets — le choix de Giuseppe qui lui était retiré désormais... Non, il n'irait plus l'année prochaine à Puegnago et du reste, l'année prochaine, il n'y aurait plus de deuxième violon perdu dans la houle de l'orchestre, le père de Lisa, comme Giuseppe, rejoindrait le camp des fantômes...

Voilà, tout était joué, rien à attendre désormais, mais qu'est-ce qui nous avait pris d'espérer une conclusion à cette histoire, comme s'il existe des histoires, des destins, des débuts, des fins, une logique des caractères qui entraîne une logique des péripéties, ces fariboles! Lisa était morte, stupidement, elle qui d'évidence n'était ni militante ni milliardaire ni symbole de quoi que ce soit, elle était morte et il n'y avait aucune leçon, aucune morale à tirer de cette mort, elle était morte par inadvertance, par distraction et c'est tout. Elle était morte comme nous vivions tous, cahotée, brinquebalée par le hasard, la découverte d'un manuscrit dans un grenier, la rencontre d'une miniature, elle avait cru un instant manipuler ce hasard à son profit et puis rien, une explosion, elle avait sauté sur une bombe comme le hasard nous saute dessus, et finalement tout finissait par s'annuler, la somme des accidents, des malchances, des surprises, et rien ne bougeait ou si lentement — et le palazzo Pedrotti continuerait à se décomposer, les stucs à ternir, les peintures murales à s'estomper, le gros cheval de bois à s'écailler, le grenier à s'empoussiérer, et le village de Paderna finirait un jour, qui sait, à l'emporter sur le palazzo — un palazzo qui deviendrait alors musée, maison de retraite, siège social, un palazzo sans âme, sans passé, sans privilèges, un palazzo témoin qui ne témoignerait plus de grand-chose...

En attendant, la tante Carlotta était sûrement revenue vivre avec Giuseppe. Les ombres gagnent toujours à Paderna, on en fait des broderies. Le comte Pedrotti allait continuer de rêver, d'évoquer Rossini et d'assister le dimanche à la messe dans sa loge patricienne. La miniature d'Adélaïde accrochée dans le grand salon ne cesserait de le rappeler à l'ordre, tandis que la tante Carlotta relirait pour la centième fois *Le Vicomte de Bragelonne.*

Nous écrivîmes un mot de sympathie à Giuseppe, il nous répondit en joignant à sa lettre les coupures du *Giornale di Brescia* relatives à l'attentat. Ah! cette manie des archives, cette maniaquerie de collectionneur que rien ne doit émouvoir! Le souffle de l'explosion de la piazza della

Loggia n'avait, semble-t-il, même pas fêlé la bulle de verre sous laquelle dormait le palazzo Pedrotti. Bien entendu, Giuseppe ne se rendit pas à Houston en octobre 1977, il ne se rendit pas davantage à Rome le 20 décembre suivant pour la première européenne de ce même *Tancrède* qu'interprétait toujours Marilyn Horne, sous la direction, cette fois-ci, de Gabriele Ferro. Un chat de plomb ne prend pas le train ni la voiture pour assister à une soirée d'opéra à cinq cents kilomètres de chez lui, surtout un chat de plomb qui déteste Rome et les Romains ! En revanche, Giuseppe ouvrit un dossier avec toutes les coupures de journaux relatives à la découverte du manuscrit Rossini et aux représentations de Houston et de Rome, et il eut la gentillesse de m'en faire quelques photocopies. Du *Corriere della Sera* à *Il Tempo,* de *l'Unità* à *Paese Sera,* la presse était enthousiaste : « Tancredi sublime e tragico », « lo stupendo Tancredi di Rossini, grandi interpretazioni di Marilyn Horne », « entuasiastico successo del Tancredi con finale tragico all'Opera di Roma »... De mon côté, je trouvai chez un petit disquaire de la rue Blanche un enregistrement pirate du *Tancrède* de Houston, j'en achetai deux exemplaires et en adressai un à Giuseppe. Il en parut heureux.

Table

IMPRIMERIE AUBIN À LIGUGÉ (3-83).
D.L. FÉVRIER 1983. Nº 6361-3 (L 15435).

DANS LA MÊME COLLECTION

John Ashbery, Fragment (trad. Michel Couturier)
Donald Barthelme, Le Père Mort (trad. Maurice Rambaud)
Jean-Luc Benoziglio, La Boîte noire ;
Béno s'en va-t'en guerre ;
L'Écrivain fantôme ; Cabinet Portrait
Pascal Bruckner, Lunes de fiel
Pascal Bruckner et Alain Finkielkraut, Le Nouveau Désordre amoureux ; Au coin de la rue, l'aventure
William S. Burroughs, Le Métro blanc (trad. Mary Beach et Claude Pélieu)
Antoine Compagnon, Le Deuil antérieur
Robert Coover, Le Bûcher de Times Square (trad. Daniel Mauroc)
Michel Deguy, Jumelage *suivi de* Made in USA
Lucette Finas, Donne
Alain Finkielkraut, Ralentir : mots-valises ! ; Le Juif imaginaire ; L'Avenir d'une négation
Viviane Forrester, La Violence du calme
Serge Grunberg, « A la recherche d'un corps »
Nancy Huston, Les Variations Goldberg
Jeanne Hyvrard, Le Corps défunt de la comédie
Glenn B. Infield, Leni Riefenstahl et le IIIe Reich (trad. Véronique Chauveau)
Abdellatif Laâbi, Le Règne de barbarie
Jacques Lacarrière, Le Pays sous l'écorce
Hugo Lacroix, Raideur digeste
Giovanni Marangoni, George Jackson Avenue
Patrick Mauriès, Second Manifeste Camp
Philippe Murray, Jubila
Claude Nori, Une fille instantanée
Pierres-Yves Petillon, La Grand-Route
Rafaël Pividal, La Maison de l'écriture
Ishmaël Reed, Mumbo Jumbo (trad. Gérard Durand)
Jean Ricardou, Le Théâtre des métamorphoses
Jacqueline Risset, Dante écrivain
François Rivière, Fabriques ; Le Dernier Crime de Celia Gordon ; Agatha Christie, « Duchesse de la Mort » ; Profanations
Denis Roche, Louve basse ;
Dépôts de savoirs & de technique
Thomas Sanchez, Rabbit Boss (trad. Guy Durand)
Susan Sontag, La Photographie (trad. Gérard-Henri Durand et Guy Durand) ; La Maladie comme métaphore (trad. M.-F. de Paloméra)

Gertrude Stein, Ida (trad. Daniel Mauroc) ; Autobiographie de tout le monde (trad. M.-F. de Paloméra)
Jacques Teboul, Vermeer ; Cours, Hölderlin
Frédéric Vitoux, Fin de saison au palazzo Pedrotti
Kurt Vonnegut, Le Breakfast du champion (trad. Guy Durand) ; R comme Rosewater ! (trad. Robert M. Pépin) ; Le Cri de l'engoulevent dans Manhattan désert (trad. Philippe Mikriammos) ; Gibier de potence (trad. Robert Pépin)
Tom Wolfe, Acid Test (trad. Daniel Mauroc)